LE CRATÈRE

ARIÈLE BUTAUX

LE CRATÈRE

roman

SABINE WESPIESER ÉDITEUR
13, RUE DE L'ABBÉ-GRÉGOIRE, PARIS VI
2024

Aux frères et sœurs
Aux survivants

De toi je ne voulais rien et je n'ai rien gardé
Ce n'est que dans le cœur qu'on dresse les mausolées.

Juliette Noureddine

C'EST UNE PHOTO RESCAPÉE, une photo d'avant ma naissance, gravée en moi pour avoir grandi avec elle dans le petit salon de Cherbourg. Une photo disparue quand la maison de mes grands-parents fut vendue, retrouvée aujourd'hui après je ne sais quelle mystérieuse errance. C'est une photo en noir et blanc, mon frère Lucas et notre mère, joue contre joue. Il rit de toutes ses dents de lait tandis que les siennes, légèrement écartées, sont celles du bonheur. Elle est radieuse, s'émerveille du rire, de la beauté de son enfant. Ses mèches blondes dansent en couronne autour de sa tête. L'anagramme de son nom est « aimer » et Marie, à vingt ans, aime la vie, passionnément.

Nulle trace de drame ni de corps souffrant sur cette photo. Une mère et son bébé dans une forêt, un jour d'automne ou d'hiver, car l'enfant porte une cagoule de laine et un manteau à col de velours.

Sur le visage de Marie, l'enfance s'attarde, la sienne et celle de Lucas, tricotées l'une à l'autre.

Sait-elle déjà ? Sait-il, lui qui prend la photo, à quel point ce bonheur est vulnérable ?

La photo dit qu'elle sait, mais espère.

La photo dit sa confiance en sa toute-puissance de mère qui entoure et protège.

Elle fait à Lucas un rempart de ses bras, son regard lui tend le miroir dans lequel il se voit unique et aimé.

Quand ont-ils compris ?

Quand a-t-elle commencé à le regarder autrement ?

Quand ont-ils cessé de le photographier ?

Si la photo ne livre rien de tout cela, elle dit l'essentiel, l'amour fou de cette mère pour son premier-né et sa détermination à se battre pour lui.

Quand a-t-elle renoncé ?

Quel désespoir, quelle lassitude ont éteint ce regard dont seule cette photo témoigne ?

1

ILS ONT INSTALLÉ LUCAS SOUS L'ARBRE, sur le lit de camp qui sent l'humidité et le vieux caoutchouc. Bien au milieu, afin qu'il ne tombe pas. Il a treize ans, mais son corps déforme à peine la toile, rêche sous sa joue droite. Un insecte lui chatouille le nez. Ils disent que l'air est bon pour lui, qu'il doit faire la sieste dans le jardin, mais il est trop heureux pour dormir.

Aurore a grimpé dans le pommier, il voit ses pieds se balancer dans le vide. Si elle tombe, elle le tue. Elle se penche, juste assez pour qu'il distingue son visage.

Regarde ces pommes ! Elles sont moches. Toutes tordues et acides. Pouah !

Elle recrache un morceau qui rebondit sur le bras de son frère avant de rouler dans l'herbe.

Oh pardon, Lucas ! Désolée.

Elle rit. Elle est si gaie, toujours ! Un rayon de soleil. Elle chantonne, une chanson inventée, comme les histoires qu'elle écrit dans ses carnets.

Lucas observe une colonne de fourmis apparue sur le morceau de pomme. Une mouche s'active autour de sa bouche. Il voudrait la chasser, sa main gauche dévie de sa trajectoire et c'est son poignet qui frappe son œil. Raté. Toujours raté.

Il s'est fait mal, quelque chose voudrait sortir de sa gorge, un râle couvert par le vrombissement des insectes dans la poussière de l'été.

La mouche s'obstine, se promène sur ses lèvres, sur ses dents.

Lucas n'entend plus Aurore, il ne voit plus ses tennis blanches au-dessus de sa tête.

Les fourmis ont réussi à déplacer le morceau de pomme. Le soleil fait briller une pièce de monnaie égarée dans l'herbe. Il se passe toujours quelque chose au jardin, mais cela n'intéresse plus Lucas, car Aurore a disparu. Il la cherche des yeux, ne peut voir, outre les branches les plus basses de l'arbre, que la pelouse et la maison, car on l'a couché sur le côté droit. Tout à l'heure, c'était le gauche, on le retourne de temps en temps. Il se résigne à attendre qu'on vienne le déplacer.

Attendre. Toujours attendre.

C'est un pavillon cossu aux portes de Paris. Lucas y vient deux ou trois fois par an, en visite avec ses grands-parents maternels. À travers les baies vitrées de la terrasse, Lucas distingue le corps de sa mère. Marie, allongée elle aussi sur le côté droit, lui tourne le dos. Sa jambe et son bras gauches s'élèvent en cadence, dans l'effort quotidien de rendre son corps toujours plus mince, plus souple, plus ferme, impeccable dans ses mini-robes comme dans ses pantalons pattes d'eph. Marie a adopté avec enthousiasme la mode de ces années soixante-dix, extravagante et colorée, comme un étendard pour dire que tout va bien, un paravent pour se protéger des bonnes âmes dont elle refuse la pitié. Son malheur, elle le garde pour elle, n'en dit jamais rien. La plupart des gens ne savent pas comment se comporter devant une tragédie qui les renvoie à leurs propres peurs. Elle ne se plaint pas. Décourage les personnes bien intentionnées qui aimeraient la voir endosser de manière plus évidente son rôle de mère à plaindre.

Elle se tait pour ne pas devenir l'incarnation du drame qui ruine sa jeunesse. Elle se tait pour qu'on ne vienne pas opposer la raison à ses rêves. Elle a trente-trois ans et une vie à vivre. Avec l'enfant cloué au sol. Ou malgré lui.

Lucas suit des yeux le pied de sa mère. Toujours plus haut.

Dans son dos, depuis le jardin derrière le mur du fond, montent des voix sans visage. Des gens qu'on ne connaît pas, qu'on ne croise jamais, parce que leur maison donne sur une autre rue, presque un autre pays. Des gens qui ne savent rien de l'enfant couché sous le pommier, l'enfant qu'on ne voit pas, ni dans ce jardin clos, ni dans la cour devant la porte principale où jamais il ne repose, car on pourrait l'apercevoir depuis la rue ou, pire, détourner le regard.

Près du mur des voisins, Aurore aménage leur cabane. Une cahute avec des murs en pierre, un toit en tuiles, une porte et une fenêtre carrée. Elle a travaillé dur pour la vider de ces vieilleries que l'on trouve dans toutes les remises, outils, cordes, vis, voitures d'enfants, vélos sans roues, entassés là parce qu'ils pourraient servir un jour et qui finissent oubliés sous la poussière, la rouille, les moisissures. Elle a balayé le sol, décroché les toiles d'araignée, lessivé les murs. Avec son argent de poche, elle a acheté un morceau de tissu rayé qu'elle cloue devant la fenêtre. Lucas entend les coups de marteau, il se sent mieux, sa sœur est là, tout près. Il sait que la cabane sera pour eux deux, pièce maîtresse de leur monde secret à l'ombre du vieux pommier.

Lorsque tout sera parfait, Aurore montrera la cabane à Lucas. Pas avant.

Alors Lucas attend.

C'est leur première cabane qui ressemble à une vraie maison. Il y a eu les coussins empilés dans le salon pour se cacher et se raconter des secrets, les tentes faites de draps tendus entre les cordes à linge, toutes sortes de cachettes bricolées avec les moyens du bord, des terriers à l'abri du regard des autres. Ce regard qui fait de Lucas un enfant différent.

Le regard d'Aurore sur Lucas n'est pas celui des autres.

Dans le monde tel que le perçoit une enfant de onze ans, rien n'est sans espoir, rien n'est irrémédiable. Sauf la mort. Mais qui pense à la mort à onze ans ?

Surtout, Lucas était là avant Aurore. Indiscutable comme le monde aux premiers jours de notre vie.

Aurore ne se lasse pas de raconter à son frère ce qu'ils feront ensemble lorsqu'il aura quinze ans. Il sera guéri, il reviendra vivre à la maison, ils fréquenteront le même collège, où ils iront en bus, elle lui présentera ses amis en attendant qu'il se fasse les siens. Elle espère qu'il voudra bien s'inscrire à l'atelier théâtre, où on manque toujours de garçons. Elle lui souhaite de ne pas avoir monsieur Collinet en maths, une vraie peau de vache.

Les bavardages d'Aurore sont pour Lucas une mélodie dont il distingue les mots sans toujours en saisir le sens. Comment pourrait-il avoir idée de ce qu'est un bus, un cours de maths ou un atelier théâtre ?

Il ne connaît que ce qu'il voit, toujours couché. Un coup à droite, un coup à gauche.

Il lui est plus facile de se figurer le collège, les amis, qui réveillent le souvenir d'une expérience lointaine. L'école maternelle dans la classe de sa grand-mère Suzanne, la découverte des premiers enfants qui n'étaient ni sa sœur ni le nouveau-né à peine entraperçu. À l'heure de la sieste, ils étaient tous allongés sur des matelas, Lucas comme les autres. Lui ne dormait pas, il regardait les visages et les corps si proches, semblables au sien, les vêtements avec les accrocs et les taches que font les vrais enfants, les petits cols blancs des tabliers, les cheveux emmêlés, nattés, coupés court. Il respirait les odeurs de ces enfants qui, tant qu'ils ne bougeaient pas, n'étaient pas différents de lui. Dans le sommeil, les plus turbulents semblaient même fragiles avec le pouce dans la bouche et le visage enfoui dans la main. Lucas gardait les yeux ouverts, ne se lassait pas de les observer. La sieste et l'heure des histoires étaient les seuls moments où il pouvait les embrasser d'un seul regard, ne faire qu'un avec eux, un seul souffle dans le repos, une seule paire d'oreilles pour écouter le conte. Tous pareils.

Aurore se tient devant lui, ses tibias éraflés par les branches du pommier.

Tu pourrais répondre quand je t'appelle ! Tu m'as fait peur.

Lucas voudrait protester, il est certain qu'elle ne l'a pas appelé. Il n'est pas sourd.

Elle le scrute, lui touche le visage, les bras, vérifie que tout va bien.

Écoute, j'ai une idée !

Elle s'accroupit et colle sa bouche à son oreille. Son haleine sent les bonbons. Elle chuchote, tout excitée, en regardant autour d'eux. Mais ils sont seuls dans le jardin, ne perçoivent que les voix des voisins, invisibles de l'autre côté du mur.

Je ne veux pas que tu repartes demain chez grand-père et grand-mère. Cela fait trop de peine à papa.

La maison des enfants, c'est là où vivent les parents. Et puis, tu as ta chambre ici.

Si Lucas pouvait parler, il répondrait à Aurore qu'il a aussi sa chambre chez leurs grands-parents, que sa vraie maison est chez eux, à Cherbourg, et qu'il s'y sent bien.

Mais Lucas ne parle pas.

Valentin croit que tu es le fils de grand-père et grand-mère. Tu trouves ça normal ? Il m'a traitée de menteuse quand je lui ai dit que tu étais son frère. Il sera bien obligé de me croire quand les grands-parents repartiront sans toi.

Jamais ils ne repartiront sans moi, pense Lucas.

Sauf s'ils ne te trouvent pas. Je vais bien te cacher. Dans la cabane, derrière les cageots. J'ai apporté les coussins de mon lit, tu pourras dormir là et je t'apporterai à manger. Ne t'inquiète pas, ce sera juste pour quelques jours, le temps que les parents comprennent que tu es mieux ici.

Mais Lucas ne veut pas être caché dans la cabane, ni à l'étage de la maison de ses parents, comme cela arrive lorsqu'il y a des visiteurs. Chez Suzanne et Louis, il ne vient jamais personne, hormis la famille proche.

Allez, je vais bien t'installer et, si tu t'ennuies, je resterai près de toi.

Aurore attrape Lucas par les bras, mais le lit de camp bascule. Ils ne tombent pas de haut et la chute est douce. Ils roulent en silence dans l'herbe et restent serrés l'un contre l'autre. Le cœur d'Aurore bat contre la poitrine de Lucas, une larme coule de ses yeux sur la langue de son frère. Elle dit que ce n'est pas juste, qu'elle ne veut pas qu'il parte, qu'elle va être grondée pour l'avoir fait tomber. Elle pleure, de vrais sanglots de rage impuissante et de colère contre elle-même.

Lucas a de la peine pour elle. S'il pouvait parler, il lui dirait : S'il te plaît, ne pleure pas ! Je vais venir dans la cabane et on y restera blottis jusqu'à mes quinze ans. Je ne bougerai pas, je me ferai tout petit et personne ne me trouvera. On attendra que je guérisse et on fera la surprise aux parents, aux grands-parents et même à Valentin. Ici ce sera de nouveau ma maison et j'y resterai avec vous pour toujours. Alors arrête de pleurer, je t'en supplie.

Mais Lucas ne parle pas.

2

LA MAISON DE CHERBOURG se remplit et se vide. Ils arrivent, repartent, ne restent pas longtemps, mais toujours reviennent. Lucas ne sait jamais quand, car Suzanne a cessé de le prévenir. L'attente le rend trop nerveux, incapable de manger ni de dormir. Un repas sauté, une mauvaise nuit, et l'organisation au cordeau que Suzanne a mise en place autour de son petit-fils est bouleversée. Depuis dix ans, Suzanne et Louis dédient à Lucas chaque minute de leurs jours et de leurs nuits. Ils ont fait le choix de l'élever chez eux, sans aucune aide, à l'abri du monde extérieur. À cet enfant ayant reçu si peu à la naissance, il n'est pas question de retirer l'ultime espace de bonheur, l'amour et la présence quotidienne des siens. Louis et Suzanne lui sacrifient leurs dernières années avant la vieillesse, se ruinent le dos à le porter et la santé à le soigner. Ils ont renoncé à leurs balades à vélo, à leurs randonnées en amoureux, à leurs vacances en Panhard avec la tente dans la malle arrière, à la joie d'aller libres, le nez au vent. Ils ont renoncé à se surprendre, à projeter, à rêver. Ils ont renoncé à eux-mêmes.

Chaque jour passé est une victoire, chaque matin un nouveau défi. Il leur faut mettre un pied devant l'autre, ne jamais se reposer sous peine de ne plus trouver la force de repartir. Alors ils avancent solidaires, courageux, héros discrets qui n'espèrent rien en échange et ne connaissent même pas leur destination.

Ce sacerdoce ne souffre aucune improvisation. C'est pourquoi ils ne disent plus rien à Lucas qui pourrait le troubler. Mais Lucas perçoit le moindre changement d'atmosphère, devine au son plus joyeux d'une voix que les retrouvailles sont proches. Aux aguets, comme seuls savent l'être les enfants condamnés à l'ennui, il sent, bien avant qu'elle ne soit audible, la voiture de ses parents parcourir les derniers kilomètres. Il guette les bruits de moteur dans la rue, le grincement de la porte du jardin, les pas de Louis et de Suzanne se portant à leur rencontre. Il guette et il attend.

Il attend que Paul, son père, l'appelle son Zizou en lui caressant les cheveux.

Il attend qu'Aurore lui fasse écouter des chansons.

Il attend que sa mère propose une balade au bord de la mer pour rompre la routine des repas, des médicaments, du coucher, pour échapper aux tintements aigres des horloges à balancier qui, dans chaque pièce de la maison, découpent les journées en heures et demi-heures.

Il attend, immobile, qu'il se passe enfin quelque chose, car elle est bien longue, l'attente de ses quinze ans.

Lucas entend les portières claquer, le chien aboyer. Les voici ! C'est comme une bourrasque dans la maison, qui fait tinter les verres dans le buffet, trembler les parquets et les lampes au plafond. Ils s'attardent dans l'entrée à retirer chaussures et manteaux, Lucas s'impatiente, essaie de se soulever du divan, ne réussit qu'à se coller le nez sur le dossier. On l'a encore allongé du mauvais côté.

Comme toujours, Paul est le premier à se précipiter vers son fils. Il l'assoit sur ses genoux, il ne le quittera pas jusqu'à l'arrachement du départ. Aurore pousse son père pour se faire une place sur le divan et embrasse son frère. Marie les regarde tous les trois avec son drôle de sourire triste, comme si revoir Lucas lui faisait plaisir et chagrin à la fois, comme un deuil entamé du vivant de l'enfant.

Vous vous ressemblez de plus en plus, dit-elle en regardant ses deux aînés.

Lucas tourne la tête vers sa sœur, curieux d'y trouver quelque chose de son propre visage qu'il ne connaît pas.

A-t-il lui aussi les cheveux blonds, les yeux verts un peu bridés et des taches de rousseur en été ? Suzanne dit pourtant qu'il est le portrait de Paul, brun aux yeux noirs, une belle gueule de métèque.

Comment savoir ? Personne n'a jamais eu l'idée de lui tendre un miroir.

Il y a bien une photo de lui dans sa chambre, trop loin de son lit pour qu'il puisse se faire une idée. Une photo d'avant, quand il était encore bébé, presque semblable aux autres, à l'âge des premiers pas qu'il n'a jamais faits.

Ah, pendant que j'y pense…

Marie sort de son sac un survêtement bleu turquoise avec une petite fleur brodée au niveau du cœur.

Aurore l'a à peine porté, dit-elle. Il ne lui va plus, mais il me semble que c'est la bonne taille pour Lucas.

C'est un habit de fille, proteste Valentin.

Arrête de dire des bêtises ! gronde Suzanne.

Elle tient le vêtement devant Lucas et décide que c'est parfait, elle le lui mettra dès demain.

Paul et Aurore échangent un regard rapide par lequel ils se supplient mutuellement de ne pas intervenir. Lucas va porter pour la première fois un vêtement trop petit pour sa sœur et ce n'est pas une bonne nouvelle.

Tu viens, Lucas ? On va écouter des chansons, propose Aurore.

C'est l'heure du goûter, dit Suzanne.

Oh, mais on vient à peine d'arriver.

C'est comme ça. Et pas la peine de faire cette tête, ça ne t'embellit pas. Ta mère te gâte trop.

Prends plutôt exemple sur Lucas qui a tellement moins de chance que toi et qui ne se plaint jamais, lui.

Marie sursaute, mais se tait. Dans la maison de ses parents, elle redevient la fille soumise à la volonté de sa mère, cette femme minuscule et puissante, si dure avec les autres et avec elle-même.

Paul se mord les lèvres, malheureux pour sa fille, mais trop redevable envers sa belle-mère pour la contredire. Trop occupé aussi à reprendre possession de ce fils dont on le prive, à enfouir son nez dans ses cheveux, à envelopper de ses bras son torse étroit, à le tenir bien serré sur sa poitrine afin d'accorder son souffle au sien. Quand Paul retrouve Lucas, plus rien n'existe hors cet amour qui le dévaste.

Aurore hausse les épaules et jette à Lucas un regard attristé.

Si Lucas pouvait parler, il dirait à sa sœur : Je suis désolé. Ce n'est pas ma faute si grand-mère ne peut pas s'empêcher de nous comparer. D'ailleurs, je me plains moi aussi. Quand on me fait ma piqûre ou quand on m'habille, mais personne ne m'entend. J'aimerais que grand-mère m'entende et me gronde. Comme Valentin et toi. Pour être comme vous, au moins une fois.

Mais Lucas ne parle pas.

Suzanne sert le thé, Louis beurre de grosses tranches de pain. Valentin demande du chocolat sur sa tartine. Marie noue une serviette autour du cou de Lucas qu'elle a réussi à caler sur ses genoux. Paul regarde ses mains, c'est sa manière polie d'être plus absent que présent dans cette maison sans joie, de marquer une distance avec ses beaux-parents, qui lui volent son fils autant qu'ils le sauvent. Aurore, enfin, sourit à son grand-frère.

Valentin a raison, vous n'allez tout de même pas obliger Lucas à porter ce truc de fille, dit-elle. Tout le monde va se moquer de lui. Déjà que…

Déjà que quoi ? coupe Suzanne, sèchement. Lucas recrache le contenu de la cuillère glissée à grand-peine entre ses dents. La compote coule sur son menton.

Il faudrait mixer plus finement, dit Marie.

Cela va être difficile, répond Suzanne en proposant de nouveau la cuillère à Lucas.

Je peux essayer ? demande Aurore.

Aurore prend la place de Suzanne.

Mange, je t'en supplie, souffle-t-elle. Qu'on puisse enfin aller jouer.

Lucas tourne la tête et la cuillère vient cogner contre ses dents.

Aurore tient son visage tout près de celui de son frère, ouvre grand la bouche pour l'encourager à l'imiter. Lucas se concentre, essaie de déglutir, mais il panique, tousse et crache. Aurore fait comme si de rien n'était et lui raconte une histoire à voix basse. Lucas en oublie le contact froid du métal sur ses lèvres, les coulures visqueuses sur son menton. Il suit Aurore dans l'arbre magique où une famille d'écureuils s'est construit une drôle de maison, saute avec elle de branche en branche, cuillère après cuillère. Ils saluent des coccinelles, sauvent des oisillons tombés d'un nid, Aurore invente à toute vitesse, la tasse est presque vide. Ils échappent de justesse à un aigle, encore une cuillère, arrivent victorieux au sommet de l'arbre qu'une lune bleue illumine.

Fini ! annonce Aurore en enlevant à Lucas sa serviette. On peut y aller, maintenant ?

Suzanne acquiesce. Il faut reconnaître que la gamine sait y faire avec Lucas. Elle les installe dans le petit salon et leur recommande d'être sages pendant que les autres terminent de goûter.

Tu vois, ce n'était pas si difficile, dit Aurore à Lucas.

Avec moi, tu y arrives toujours.

Elle caresse le front de Lucas, comme si c'était lui le petit frère et elle la grande sœur.

Les parents m'ont promis que tu serais guéri à quinze ans. Mais imagine que cela prenne un peu plus de temps que prévu ? Que ce soit seize ou dix-sept ans au lieu de quinze ? Ne t'en fais pas, je m'occuperai de toi si grand-père et grand-mère ne peuvent plus te porter.

Impossible. Elle lui a toujours dit quinze ans, elle ne peut pas revenir là-dessus. Ses quinze ans sont pour Lucas le phare dans sa nuit, l'espoir de sa délivrance, l'espoir d'être comme les autres, l'espoir d'être comme son frère et sa sœur, même s'il faut pour cela se faire gronder par Suzanne.

Il essaie d'imaginer comment ce sera d'être guéri. Va-t-il, un beau matin, se mettre debout et marcher ? Sera-ce exactement le jour de son anniversaire, lorsque, pour la première fois, il soufflera lui-même ses bougies ? Y aura-t-il des signes en amont, comme lorsque le jardin de Louis se prépare à fleurir ?

Lucas vient d'avoir quatorze ans et guette les indices. Mais plus aucun de ses gestes ne part dans la bonne direction, son corps peine toujours à obéir aux ordres les plus simples, comme déglutir, ouvrir la bouche, et c'est pour cela qu'on ne peut faire soigner ses dents, qui se gâtent et lui font si mal. Sa peau s'abîme de trop de frictions, un coup à droite, un coup à gauche. Et sa petite sœur est désormais plus grande que lui.

Aurore a mis un disque, une bagatelle de Beethoven qu'elle joue parfois au piano.

Viens !

Elle tend la main à Lucas sans le toucher. C'est à lui de faire l'effort d'atteindre ses doigts, mais son bras, dur comme du bois, n'obéit pas.

Allez, tu peux le faire !

Lucas essaie de ne pas se laisser distraire par la musique, de garder les yeux ouverts.

Quand on veut on peut. Allez, Lucas, bouge-toi !

Lucas fixe la main d'Aurore, il se concentre, elle a tellement envie qu'il réussisse. Il le voudrait aussi, mais il ne PEUT pas. C'est comme si ce bras si maigre, ce bâton décharné ne lui appartenait pas.

Tu peux !

Elle lui attrape le poignet, tape sa main dans la sienne, la serre à lui faire mal.

Bravo, tu as réussi !

Il y a tellement de joie dans ses yeux que Lucas veut la croire. D'ailleurs, elle a peut-être raison. Parfois, il perd la conscience de son corps, ne sait pas où finit celui-ci ni où commence celui des autres. Alors il se peut, en effet, qu'à force de le vouloir il ait vraiment touché la main d'Aurore.

À présent, tu dois te mettre debout. Je vais t'aider.

Aurore tire sur le bras de Lucas, lui fait mal, s'en rend compte, mais s'obstine.

Oh que tu es lourd ! Mais on y est presque.

Le dos de Lucas se détache du coussin, bascule. Ses pieds qui jamais ne touchent terre effleurent le parquet, juste le temps d'une sensation inconnue et légère à travers ses chaussettes. Pendant une fraction de seconde, il ressent l'ivresse de se tenir à la verticale. Et tombe, la poitrine écrasée contre celle de sa sœur qui n'a pu le retenir. Il en a le souffle coupé, le bruit sourd de la chute continue de résonner dans son oreille plaquée contre le sol.

Tout va bien, chuchote Aurore. Je vais te relever, ça va aller.

Mais Lucas pèse sur elle de tout son poids, l'écrase de ses os saillants.

Elle est sur le point de reconnaître son humiliante défaite et d'appeler à l'aide, lorsque le parquet se met à vibrer sous des pas en approche. Lucas sent qu'on le soulève, se retrouve dans les bras de son père, à l'abri.

Qu'est-ce que vous fabriquez ? demande Paul, plus inquiet que fâché.

Aurore se redresse et s'efforce à sourire.

Rien du tout, Papa. Lucas est tombé et je n'ai pas réussi à le retenir. Il ne s'est même pas fait mal.

Lucas, en effet, respire calmement contre la poitrine de son père.

Tombé tout seul ? Vraiment ?

Il a glissé en essayant de se mettre debout.

Aurore, soupire Paul, qu'est-ce que tu racontes ?

Je te jure ! Il a attrapé ma main pour se lever, il a presque réussi, mais il a glissé sur ce fichu parquet. Comme toi l'autre jour dans l'escalier.

Paul hausse les épaules, il semble très fatigué. Il s'assied sur le divan, Lucas sur ses genoux.

Mon Zizou, murmure-t-il. Je suis là. Ce n'est rien, juste une grosse peur.

Grand-mère va me tuer, soupire Aurore. Elle ne me laissera plus jamais seule avec Lucas.

Je suis votre père, c'est moi qui décide. On ne dira rien à ta grand-mère. Mais promets-moi de ne pas recommencer ce genre d'idiotie.

Je n'ai rien fait de mal, Papa. Vous croyez tous que Lucas ne peut rien faire seul, mais vous vous trompez. Il faut juste l'aider. Il a fait de gros progrès. N'est-ce pas, Lucas ?

Aurore, s'il te plaît… La voix de Paul tremble.

On t'a déjà expliqué. Tu n'es plus une petite fille, tu peux comprendre.

Vous m'avez promis. Maman et toi, vous m'avez promis, s'emporte Aurore, dont les joues s'enflamment.

Pas devant lui, chuchote Paul.

Lucas a très bien entendu. Son corps ne lui obéit pas, mais il n'est ni sourd, ni stupide. Qu'ont-ils expliqué à Aurore ? Que sait-elle de lui qu'il ne sait pas ?

Laisse dire, lui glisse sa sœur à l'oreille. De toute façon, tu seras bientôt guéri. Et en attendant, moi, je t'aime comme tu es.

Si Lucas pouvait parler, il dirait merci à Aurore pour ces mots et pour ce baiser qui lui chatouille l'oreille.

Mais Lucas ne parle pas.

3

SUZANNE EST NÉE AU REZ-DE-CHAUSSÉE de cette maison où vivaient autrefois trois familles, une à chacun des étages desservis par l'escalier de chêne qu'éclairent d'amples fenêtres à vitraux. Entre les deux guerres, la mère de Suzanne a racheté toute la maison, mais le dernier étage est resté à l'abandon. Il y fait sombre, glacial en hiver, les rideaux de velours sont si vieux qu'on en voit la trame, le linoléum est tellement usé que le parquet apparaît par endroits.

Aurore et Valentin aiment s'enfermer là-haut, dans une petite chambre devenue débarras, moins effrayante et plus amusante que les grandes pièces vides.

Lorsque Louis a pris sa retraite, il a entreposé ici, dans le buffet de cuisine en formica jaune pâle, sa blouse grise d'instituteur, des paquets de cahiers neufs avec des tables de multiplication au dos, des boîtes de craies jamais ouvertes, des livres de classe, des bons points, des buvards rose Malabar. Aurore et Valentin ont adoré jouer à l'école avec ces fournitures scolaires, identiques à celles que leurs institutrices tenaient sous clé à l'école et distribuaient au compte-gouttes. Au fil des ans, les piles de cahiers et de boîtes sont devenues moins droites, des craies ont disparu ou ont été cassées, Aurore et Valentin ont grandi et se sont lassés de jouer à faire semblant.

D'autres objets sont entassés là et parlent d'un temps où eux-mêmes n'existaient pas, où Louis et Suzanne n'étaient pas encore des grands-parents, où Paul et Marie ne se connaissaient pas. Un landau bleu marine à grandes roues blanches, un berceau en rotin, un panier à pique-nique aux lanières de cuir fendillées et tachées de rouille, des couvertures jaunies soigneusement pliées. Suzanne ne jette rien, elle dit qu'on ne sait jamais de quoi demain sera fait. C'est pourquoi elle reprise les chaussettes en glissant un œuf en bois sous les mailles, coud et découd les ourlets, détricote les pull-overs pour en tricoter d'autres, auxquels la laine ainsi froissée donne une allure bizarre. Louis parle à ses petits-enfants des restrictions de la guerre, de la nécessité de ne rien gâcher ni jeter, des paquets de cigarettes consignés qu'il fallait rapporter, une fois vides, au bureau de tabac. Aurore et Valentin se sentent un peu coupables lorsqu'il leur rappelle que, de son temps, les enfants les plus chanceux recevaient une orange à Noël et savaient s'en contenter. Un peu comme lorsque Suzanne leur demande de prendre exemple sur Lucas, qui est toujours content, alors qu'il a tellement moins de chance qu'eux. Coupables, toujours coupables.

Ils s'en vont fouiner derrière le paravent où s'empilent des cartons remplis d'exemplaires de *L'Illustration*, des valises, des roues de vélo de différentes tailles, une boîte de Meccano, un Jokari, une luge. Tout ce qu'on a remisé là en se disant que cela pourrait peut-être servir un jour et qu'on a oublié.

Une petite malle métallique vert wagon, par exemple.

On l'ouvre ? propose Aurore.

Le couvercle grince et dévoile en se soulevant des vêtements de garçon, un cardigan maculé de taches brunes, du sang peut-être, un cartable, une enveloppe sur laquelle on a tracé d'une écriture bleu pâle un prénom. Pierre. À l'intérieur, une mèche de cheveux clairs. Ceux du garçon dont Suzanne conserve la photo, deux étages plus bas, sur son secrétaire ? Ce Pierre, dont elle murmure parfois le prénom, ce neveu accueilli chez elle durant la guerre, aimé comme un fils. Pleuré comme un fils.

La malle exhale un parfum de rouille et de tragédie. Aurore laisse retomber le couvercle.

Je crois qu'on ferait mieux de ne pas y toucher.

L'attention de Valentin s'est déjà portée ailleurs.

Qu'est-ce que c'est que ce truc ? s'exclame-t-il il en soulevant à deux mains la machine infernale. On dirait des jambes de robot !

Parmi tous ces objets poussiéreux et ternis, le cuir jaune des chaussures montantes brille comme les sièges de la Panhard de Louis, les tiges métalliques étincellent. Surprise, Aurore cligne des yeux. Et tout lui revient.

Quel nom attribuer à cet appareil censé soutenir bassin, jambes et pieds dans une gangue de métal et de cuir ? Quel nom donner à ces séances durant lesquelles Lucas, emprisonné de la taille aux orteils, tentait d'actionner ses jambes pour faire ses premiers pas ? Ou au moins son premier pas, quand les ambitions avaient été revues à la baisse.

Il n'y a pas un, mais trois appareils, imbriqués les uns dans les autres, du plus petit au plus grand. Comme des poupées russes. Comme les trois ours de *Boucle d'or*. Trois appareils, trois tailles, celles de Lucas au fur et à mesure que les échecs s'accumulaient. Trois appareils et pas un seul pas. Trois appareils et pas quatre. Il faut savoir accepter une défaite.

Aurore n'a pas les mots pour dire la torture de ces moments où Lucas faisait de son mieux, maintenu dans le dos par Suzanne, projeté à quelques centimètres de distance vers les mains de Paul, Marie ou Louis, pressé par des injonctions angoissées, pleines d'espoir cependant. Il souffrait, il pleurait, mais c'était pour son bien, disait-on. Des larmes de Lucas, de ses plaintes inarticulées d'animal traqué, Aurore frissonne encore.

Qu'est-ce que c'est ? insiste Valentin.

Aurore n'a pas les mêmes souvenirs que son petit frère, elle l'envie parfois pour cela. Valentin est né après le départ de Lucas, ils n'ont jamais vécu ensemble comme des frères, ils n'ont pas été élevés par les mêmes personnes, leurs histoires ne se mêlent qu'incidemment. Ils ont la même sœur, mais savent à peine qu'ils sont frères.

Aurore est née pour composer une fratrie avec Lucas, pour grandir avec lui, partager la même chambre, les mêmes jeux. Les mêmes parents. Pendant trois ans, les vies de Lucas et d'Aurore se sont mélangées comme leurs cheveux et leurs doigts, ils se sont observés, agrégés, greffés l'un à l'autre, jusqu'à devenir à la fois un et deux. La séparation n'y a rien changé.

Alors ? insiste Valentin en essayant d'entrer un pied dans l'une des grosses chaussures hérissées de métal.

Aucune idée, soupire Aurore pour qui le silence est cette fois la réponse la plus simple. Mais n'y touche pas ! Grand-mère n'aime pas qu'on fouille.

Alors on va jouer dehors ?

Si tu veux. Il ne pleut plus.

Ils dévalent l'escalier, Valentin esquive la dernière volée en se laissant glisser sur la rampe. Il est vif, rapide, casse-cou, sûr de ses mouvements. Comment est-il possible d'avoir deux frères aussi différents ?

4

DANS LES ROMANS, les infirmes sont souvent de belles et douces jeunes filles qui jamais ne se plaignent, des saintes canonisées d'office. À la fin du livre, leur patience angélique et leurs autres grandes vertus sont récompensées, par un mariage ou une guérison miraculeuse, parfois les deux. Il y a bien quelques regrettables exceptions, comme dans *La Pitié dangereuse* de Stefan Zweig, où la compassion malsaine du lieutenant Hofmiller pousse au suicide cette déplaisante Édith, qui a eu le mauvais goût de ne pas se résigner à sa condition. Mais ces jeunes filles sont la plupart du temps parfaitement éduquées et savent rester à leur place, silencieuses et discrètes avec leurs joues diaphanes et leurs couvertures bien lissées sur les genoux. Leur infirmité les rendrait presque séduisantes.

Ces livres mensongers occultent la réalité crue des handicapés. D'ailleurs, on ne dit plus « handicapé », mais « personne en situation de handicap ». C'està-dire en situation de baver et de se pisser dessus, d'être alimenté à la petite cuillère glissée de force entre les dents serrées, d'avoir besoin d'assistance pour le moindre de ces gestes que le commun des mortels exécute sans même y penser, de n'avoir que ses yeux pour parler, d'avoir moins d'autonomie qu'une plante en pot. En situation de voir le regard des autres se détourner de peur, de dégoût, de pitié. De honte, aussi pour avoir ressenti peur, dégoût, pitié.

La merde totale.

Aurore est obligée de l'admettre. Mais, à quelques mois des quinze ans de Lucas, elle ne supporterait pas que d'autres parlent en ces termes de l'état de son frère, mettant à mal l'espoir d'une guérison prochaine. Dans le cercle restreint de la famille, cela ne peut arriver. La menace vient de l'extérieur.

C'est pourquoi les balades avec Lucas ont lieu hors saison, dans des endroits peu fréquentés autour de Cherbourg, comme les grandes dunes de Carteret, que l'on peut longer depuis une promenade large et plate. Accessible aux handicapés, même si l'on ne prononce jamais ce mot.

En ce jour de ciel ardoise, Aurore prend son élan, pousse de toutes ses forces le fauteuil, lâche et rattrape les poignées sans cesser de courir, tandis que Lucas émet des sons étranges de joie et de peur mêlées. Ce n'est pas vraiment une chaise roulante, Lucas n'y tiendrait pas assis. Plutôt une grande poussette, semblable à celles des petits enfants, avec assise inclinable jusqu'à l'horizontale pour Lucas, dont le regard passe avec ravissement de sa sœur au ciel, du ciel à sa sœur.

Attention, on décolle ! hurle Aurore.

Marie lui crie de faire attention, mais le vent emporte ses paroles. Aurore court de plus en plus vite, le plus loin possible. Les joues de Lucas sont rose vif, son visage s'anime, il lui faut de la joie, il lui faut de la vie, il lui faut du danger pour guérir.

Suzanne rapporte du camion à frites des barquettes arrosées de vinaigre et propose de s'installer sur la plage. On allonge Lucas sur un plaid, Aurore sautille dans l'eau glacée, Louis et Valentin font des ricochets.

Paul et Marie marchent sur la grève, main dans la main. Un moment d'insouciance et d'oubli, à leur rythme.

Ce dimanche, à Carteret, ils sont heureux comme une famille presque ordinaire. Quand Lucas sera guéri, il n'y aura plus de « presque », il n'y aura plus de séparation du dimanche soir ni de classe manquée le samedi matin. Marie n'aura plus à justifier les absences de ses enfants, les rumeurs se tairont dans le lycée où elle enseigne et où Aurore vient d'entrer en cinquième.

Marie a demandé à Aurore de ne pas parler de Lucas. Si elles savaient, certaines personnes stupides et méchantes pourraient la tenir à l'écart. Mais sur le questionnaire de début d'année, juste sous la profession des parents, Aurore n'a pu se résoudre à escamoter Lucas.

Nombre de frères et sœurs : deux.

À ses camarades de classe qui lui posent la question, Aurore raconte que son frère aîné vit au bord de la mer, qu'il est grand et fort et que ceux qui la traitent mal pourraient avoir affaire à lui. Elle ne ment pas, elle anticipe.

Marie enseigne les mathématiques dans le lycée attenant au collège. Elle y côtoie la mère d'Angèle et le père de Valeria, ses collègues d'anglais et d'histoire-géographie, parents des deux meilleures copines d'Aurore.

Les filles sont dans la même classe depuis la sixième et se voient souvent en dehors du collège. Angèle joue du violon et Valeria a repris le piano pour imiter Aurore. La mère d'Angèle les emmène toutes les trois aux concerts des Jeunesses musicales de France, mortellement ennuyeux pour la plupart, toujours suivis d'un goûter dans une pâtisserie qui justifie à lui seul la sortie. Aurore a une préférence pour Valeria, avec qui elle écrit un roman à quatre mains. Angèle, plus souvent qu'à son tour victime de l'inévitable deux contre une des amitiés triangulaires, est un peu jalouse et se vexe facilement. Les disputes pimentent leur amitié.

Ce qui arriva le 28 octobre 1976 n'était pas une simple dispute.

Aurore, douze ans, un mètre cinquante pour vingt-neuf kilos, a voulu tuer Angèle.

Pendant la récréation de midi, après la cantine.

Quelques élèves jouaient à chat perché lorsque Aurore, dans le feu du jeu, bouscula Angèle qui se mit à brailler. Elle n'était même pas tombée, mais n'attendait qu'un prétexte pour exploser, exprimer sa frustration de se sentir la mal-aimée du trio.

Ses petits yeux se firent méchants derrière ses lunettes sales, tellement menaçants malgré son allure d'enfant modèle, avec sa jupe plissée et ses chaussures à brides, qu'Aurore éclata de rire en bredouillant une vague excuse.

Ne jamais sous-estimer un adversaire humilié !

Angèle s'empourpra, chercha les mots qui blessent et dit très fort, pour Aurore et à la cantonade :

Pas étonnant que tu sois aussi conne avec un frère débile !

Aurore s'arrêta net, sonnée par ce coup bas.

En ressentit le choc dans son cœur, son ventre, ses tripes. Vit rouge, littéralement.

Et commença à frapper à coups de poing et de pied, à mordre, dépassée par sa propre force décuplée par la rage et le chagrin, la peur aussi.

Angèle l'avait trahie, elle avait utilisé contre elle le secret que Marie avait sous doute, par amitié, confié à sa mère. Elle avait insulté Lucas en public, dévoilé en le déformant ce qu'elle-même n'avait pas le droit de dire. Aurore cognait comme si les coups avaient le pouvoir d'effacer les mots.

Autour d'elles, les élèves lui criaient d'arrêter. Angèle couinait et tentait de s'excuser, mais Aurore ne la battait plus seulement pour la phrase ignoble comme un crachat en pleine figure. Elle lui faisait payer sa chance indécente d'avoir une sœur et des parents parfaitement ordinaires, elle la battait pour venger les larmes de son père le dimanche soir, les silences de sa mère, sa frustration, ses angoisses, elle la battait pour régler ses comptes avec son enfance bancale et chaque coup donné renforçait son désespoir.

Les surveillants eurent un mal fou à les séparer, la maigrichonne furibonde et la rondouillarde dont le nez pissait le sang sous ses lunettes, qu'Aurore aurait volontiers arrachées et piétinées si on lui en avait laissé le temps.

On emmena à l'infirmerie une Angèle gesticulante et traumatisée.

Aurore fut conduite chez la directrice. Elle ne ressentait ni crainte ni regret. Encore tremblante d'indignation, elle raconta à la directrice ce qui s'était passé, n'osant répéter les mots qui avaient déclenché la bagarre, de peur d'exposer Lucas et de désobéir à sa mère. Elle se contenta d'évoquer des insultes graves et gratuites contre sa famille. Valeria, qui avait tenu à l'accompagner, confirma ses propos.

Aurore s'attendait à être punie ou à recevoir un avertissement. Jusqu'ici, sa scolarité n'avait été qu'une longue suite de livrets excellents, de tableaux d'honneur et de prix, non par goût de l'étude ou aptitudes particulières, mais parce que l'école était pour elle l'endroit reposant où il suffisait d'apprendre et d'appliquer des règles simples pour être acceptée et avoir la paix, tandis que sa vie familiale n'était que chaos, mystères, incohérence.

Sa carrière d'élève irréprochable était terminée, elle s'en fichait.

Elle était fatiguée de jouer ce rôle de première de la classe, toujours polie et souriante alors qu'elle en voulait à la terre entière. Elle préférait être renvoyée du collège plutôt que d'exprimer des regrets qu'elle ne ressentait pas.

La directrice n'a pas grondé Aurore. Elle ne l'a pas félicitée non plus. Elle lui a dit très gentiment qu'elle parlerait à Angèle et qu'elle pouvait retourner en classe. Elle a posé la main sur son épaule, comme pour ajouter quelque chose, au moins un petit couplet sur la violence qui ne résout rien. Mais elle s'est contentée de soupirer en secouant la tête.

Alors Aurore a compris qu'elle savait pour Lucas, que tous ses professeurs savaient et qu'elle ne pouvait plus faire semblant d'avoir une vie sans histoires. Elle était démasquée, ses camarades savaient ou sauraient bientôt, elle serait pour toujours la fille différente dont on parlerait en chuchotant.

Sauf si elle revenait en classe comme si de rien n'était, tête haute, sourire aux lèvres, pardon pour le malentendu. C'était facile, il suffisait de se taire. De toute façon, personne n'oserait la questionner après avoir vu le nez en sang d'Angèle.

Alors elle se tut.

5

LUCAS A EU QUINZE ANS et rien n'a changé. Il vit toujours chez Suzanne et Louis, les allers-retours du week-end se poursuivent, Aurore a de plus en plus le mal des transports, mal à sa vie aussi, et de moins en moins envie de passer du temps loin de son piano et de ses amis. Elle n'en peut plus de cette vie coupée en deux qui la prive des sorties et des fêtes avec les copines, l'exclut des complicités nées des expériences partagées, des sorties du samedi racontées le lundi matin à ceux qui n'en étaient pas, comme on jette un os aux exclus du festin.

Elle est lasse d'être baladée entre deux mondes. Elle voudrait être enfin comme les autres. Égoïstement.

Chez elle, l'atmosphère est lourde. Les parents se disputent souvent, la plupart du temps à table. Les cris lui coupent l'appétit.

La fourchette en suspens au-dessus de l'assiette, elle s'absente de sa propre vie.

Elle rêve d'aller vivre ailleurs, en pension peut-être, en attendant d'être majeure et de filer pour toujours. Loin d'ici, dans une maison presque sans murs, avec de longs rideaux blancs que le vent gonflerait doucement. Elle ignore où est cette maison, si seulement elle existe, elle voit la lumière, la mer toute proche. Elle savoure le calme, écoute le silence, le vrai silence, pas comme chez elle, où, même quand personne ne parle, elle perçoit les tensions, les secrets qui pèsent et attristent.

Je peux aller dormir chez Marie-Pierre samedi ?

Aurore sait déjà ce que sa mère va répondre, alors elle la devance.

On a un exposé à rendre lundi. Sa mère a promis de nous aider.

Elle cherche du regard le soutien de son père. Paul regarde ses mains comme à chaque fois qu'il ne sait pas quoi dire.

Ton frère sera déçu de ne pas te voir, dit Marie.

Cela fait déjà deux semaines qu'Aurore n'est pas allée à Cherbourg.

Il me manque aussi.

C'est faux. Elle ment et se sent coupable. Elle a déjà planifié des excuses pour les deux prochains week-ends. Une audition de piano à préparer avec son professeur. Un concert auquel le père de Valeria a proposé de les emmener. En dernier recours, elle prévoit d'être malade si ses demandes ne sont pas jugées recevables.

Aurore a envie de voir Lucas, mais plus dans ces conditions, plus au prix de ces trajets hebdomadaires durant lesquels elle vomit et s'épuise, plus dans cette maison grise où le soleil n'entre jamais, plus dans ce magma de tristesse qui s'étend sur eux tous et menace de les engloutir.

Lucas a quinze ans maintenant, dit-elle. Ce n'est pas grave de manquer une semaine ou deux, puisqu'il va bientôt revenir vivre avec nous. Ce sera tout de même plus gai de se retrouver ici.

Paul a blêmi. Marie regarde ailleurs, l'air absent.

Il va dormir dans ma chambre ? demande Valentin.

Évidemment, andouille ! C'est aussi sa chambre.

Aurore s'en veut de lui avoir répondu sur ce ton. Valentin est susceptible, surtout lorsqu'on met en doute son intelligence. Mais quelque chose lui échappe et la rend nerveuse. Ce ne devrait être qu'une question de jours ou de semaines pour que Lucas guérisse, or les adultes n'en parlent pas et elle-même ne parvient plus à le dire tout haut. Elle préfère marteler son âge, comme un rappel à l'ordre, quinze ans, le phare au bout du long tunnel de l'enfance de Lucas.

Quinze ans, les deux mots magiques pour tenir à distance la délicate question de la lente et impitoyable dégradation du corps de Lucas ces dernières années.

Dents gâtées, muscles atrophiés de n'avoir jamais servi, escarres et croûtes sur la peau, cheveux endommagés par le frottement de l'oreiller. L'ampleur des dégâts fait parfois vaciller la foi d'Aurore. Elle se ressaisit, se persuade que quinze ans est le point d'arrivée pour repartir doucement, bientôt debout, vers la santé et une vie normale. Il faudra de la patience, ils y arriveront. Elle s'occupera de lui si Suzanne n'a plus la force de le faire.

Il faudra beaucoup d'amour. De cela au moins, leur famille n'a jamais manqué.

C'est d'accord pour samedi. Je vais appeler la maman de Marie-Pierre.

Génial, merci Maman !

Aurore sait que sa joie est déplacée, mais elle ne parvient pas à la masquer. Elle a trop besoin de répit, de ces semaines de vie presque insouciante.

Vous embrasserez Lucas pour moi et vous lui direz que je l'aime.

Compte sur moi, dit Paul. Il attire contre lui cette fille qui ressemble de plus en plus à son aîné, la serre fort, une étreinte très tendre et infiniment triste.

Aurore en profite pour lui glisser à l'oreille la question qu'elle n'ose plus poser tout haut.

De toute façon, c'est bientôt terminé, non ? Tout va redevenir comme avant, puisque Lucas a eu quinze ans ?

Paul la serre plus fort encore et embrasse ses cheveux.

Tu es une drôle de petite bonne femme.

Aurore sent le cœur de son père battre à grands coups sourds, devine qu'il est en cet instant le plus malheureux des hommes.

Elle se blottit contre lui et ils restent ainsi, immobiles.

Marie les observe en silence, indéchiffrable.

Paul n'a pas répondu à la question d'Aurore.

6

La leçon de piano terminée, Aurore et Mlle Auriol sont descendues au rez-de-chaussée. Comme chaque jeudi soir, Marie et Paul les attendaient au salon. Comme chaque jeudi soir, ils ont donné une poignée de main à Mlle Auriol, ils lui ont remis l'enveloppe avec l'argent et ils l'ont raccompagnée jusqu'à la porte. C'était un jeudi comme les autres, un de ceux destinés à l'oubli pour avoir été banalement heureux, ni plus gai ni plus triste que n'importe quel autre jour dans une vie d'enfant. Le collège, le piano, l'odeur du poulet rôtissant dans le four et Paul qui rentrait toujours plus tôt le jeudi.

Paul et Marie ont dit quelques mots aimables à Mlle Auriol, absolument comme d'habitude, puis ils ont refermé derrière elle et se sont adossés à la porte. Épuisés.

Leurs visages se sont affaissés d'un coup, ils n'avaient plus à sourire ni à faire semblant. En fermant la porte, ils avaient laissé retomber le rideau, la comédie était terminée.

Il est arrivé quelque chose, a commencé Marie.

Aurore a tout de suite compris qu'il ne fallait pas laisser sa mère parler.

Non ! a-t-elle crié, les mains plaquées sur ses oreilles.

Elle a regardé autour d'elle, cherchant un soutien dans le décor familier de son enfance, le sol en carrelage artisanal rapporté de Bourgogne dans le coffre de la R12, la bibliothèque en poutrelles de bois fabriquée par son père, le tapis à poils longs dans lequel on retrouvait toujours les clés perdues.

Paul a tenté de parler, mais Aurore ne voulait pas entendre sortir de sa bouche les mots après lesquels on ne pourrait plus revenir en arrière, les mots qui couperaient leur vie en deux, en un avant et un après. Son père, qui l'aimait tant, ne pouvait pas lui causer un tel chagrin.

Alors elle a hurlé ce qu'elle ne savait pas encore. Elle a hurlé ces mots terribles pour ne pas entendre ses parents les prononcer.

Lucas est mort !

Le son de sa propre voix l'a épouvantée, mais c'était sa voix, pas la leur, et rien ne prouvait qu'elle disait vrai.

Les mots étaient sortis tout seuls, venus de très loin. Il n'y avait aucune raison pour dire une chose pareille, c'était pourtant ce qui lui était venu à l'esprit, cette grande terreur enfouie en elle, jamais affrontée et finalement criée dans l'espoir d'être conjurée.

Ils n'ont pas répondu, ils l'ont serrée dans leurs bras, trop fort, faisant de leurs trois corps compressés, emmêlés, un rempart contre la déflagration de cette petite phrase, Lucas est mort, un seul bloc de douleur brute.

Alors Aurore comprit. À quinze ans et quatre mois, Lucas avait renoncé. Jamais il ne guérirait, jamais il ne reviendrait vivre avec eux, jamais il n'irait au collège avec elle. Les rêves auxquels elle s'était accrochée, le cap miraculeux des quinze ans auquel elle avait cru, ou voulu croire, tout n'avait été que fable cruelle entretenue par son père et par sa mère, qui lui avaient menti. Elle ne pouvait plus faire confiance à ses propres parents, c'était vertigineux.

Lucas ne serait jamais adulte et l'enfance d'Aurore volait en éclats avec ce mensonge, avec la trahison des seules personnes dont elle n'avait jamais douté.

Comment ? demanda-t-elle, les joues barbouillées de larmes qui n'étaient pas toutes les siennes.

Tout doucement, dans les bras de grand-mère. Il s'est endormi et ne s'est pas réveillé.

C'est Marie qui a répondu, d'une voix sans timbre qu'Aurore ne lui connaissait pas. Paul se taisait, pétrifié, le regard mort.

Le lendemain, il se réveillerait avec les cheveux blancs et le visage raviné, vieilli d'un coup à trente-huit ans, pour ne plus guère changer durant les décennies suivantes.

Aurore apprendrait plus tard que Lucas avait cessé de manger depuis dix jours et que Suzanne, sentant la fin arriver, avait choisi de les tenir éloignés. Elle, Valentin, cela pouvait à la rigueur se comprendre, mais Paul, qui aimait tant son fils ? Marie qui ne l'aimait pas moins, mais se protégeait davantage ? Comment était-ce possible ? Pourquoi Lucas n'avait-il pas vécu ses derniers moments entouré de ses parents, de sa sœur et de son frère ? Pourquoi ne l'avait-on pas transporté à l'hôpital pour essayer de le sauver ?

Aurore s'est dégagée de l'étreinte de ses parents, titubante, assommée. En explosant, la bombe a creusé dans sa poitrine un trou béant qui ne se refermera pas. Une amputation sans une seule goutte de sang.

Pendant ce temps, le poulet rôtissait toujours dans la cuisine.

J'ai faim, a dit Valentin.

Plus tard, Aurore ne se souviendrait pas où était son petit frère juste avant de réclamer son dîner. Les parents l'avaient-ils prévenu pendant la leçon de piano ? Où s'était-il tenu depuis ? Comment avait-il réagi ? Qui s'était soucié de lui ?

J'ai faim, a répété Valentin, comme si de rien n'était.

Marie a sorti le plat du four, elle a découpé une cuisse de poulet que Valentin a dévorée à pleines dents sous le regard horrifié d'Aurore. Son petit frère lui a paru monstrueux d'indifférence et d'égoïsme. Il lui faudrait des années pour comprendre qu'il était peut-être tout simplement en état de choc, laissé seul face à un drame trop grand pour lui.

À part Valentin, personne n'a dîné ce soir-là. Aurore a gardé ses questions pour elle. Le téléphone a sonné plusieurs fois, personne n'a eu le courage de répondre.

Les parents ont chuchoté et pleuré longtemps dans la nuit, Aurore les entendait depuis son lit, où elle ne trouvait pas le sommeil. À l'heure de se retirer dans leur chambre, ils ne s'étaient inquiétés ni d'elle ni de Valentin. C'était leur deuil, leur fils, il n'y avait aucune explication à donner aux enfants survivants, rien à ajouter. Qu'ils se débrouillent.

Valentin est venu demander à sa sœur s'il pouvait dormir avec elle. Aurore lui a fait signe de la rejoindre.

Sans un mot, ils se sont blottis l'un contre l'autre comme de petits animaux craintifs et se sont endormis.

Jamais ils ne reparleront de ces moments-là.

7

La famille des hérissons est à sa place, sur la tablette de verre, à côté du vase en étain et de la photo de l'époux défunt. Chaque semaine, Denise remplace la rose dans le vase et embrasse la photo.

Les hérissons sont au nombre de quatre. Le père porte une salopette à carreaux, la mère une robe jaune. Les deux bébés sont si petits qu'on ne peut les vêtir.

Aurore n'a plus l'âge de jouer avec ces figurines, mais les retrouver la rassure.

Au troisième étage d'une résidence de la banlieue parisienne, l'appartement de Denise est sans surprise. Chaque chose à sa place, la même odeur de cuisson au beurre dans la cuisine, le même ennui.

Valentin colle des vignettes de footballeurs dans son album. L'appartement est silencieux, on ne devine que la voix de Denise au téléphone, derrière la porte de sa chambre.

Aurore tend l'oreille en vain. Elle ne fait rien d'autre qu'écouter, les yeux fixés sur la tribu de hérissons miniatures. Elle les caresse du doigt, prend les bébés dans ses mains. Elle est pleine de larmes qui ne coulent pas, elle imagine ce qui se passe là-bas, à Cherbourg, où les parents enterrent Lucas. Aurore a demandé à venir, mais Marie a refusé.

Ce n'est pas une cérémonie pour les enfants, votre place n'est pas là-bas. Vous resterez chez votre grand-mère Denise.

Ils sont partis seuls, en voiture, retrouver leur enfant mort. Aurore se demande s'il est dans son lit, s'il a l'air de dormir. Elle n'a jamais vu de mort, ni même un cercueil. Mais ces mots, mort, cercueil, enterrement, lui tordent le ventre d'angoisse. Elle s'imagine enfermée entre quatre planches, enfouie sous terre, et éprouve, malgré elle, un sentiment qu'elle expiera toute sa vie.

Du soulagement.

Pour douloureuse qu'elle soit, la disparition des proches les plus âgés est dans l'ordre naturel des choses, Aurore sait cela, sait qu'il faudra dire un jour adieu à ses grands-parents et, le plus tard possible, à ses propres parents. Mais la mort, cette fois, est tombée tout près, comme la foudre à ses pieds, et c'est Lucas qu'elle a pris. Il est mort, elle est vivante. Cela aurait pu être l'inverse et elle s'en est réjouie. Une fraction de seconde seulement, mais une fraction de seconde qu'elle ne se pardonnera jamais et qui troublera longtemps son sommeil de deux cauchemars accusateurs et récurrents.

Dans le premier, Lucas est en danger de mort, elle sait qu'elle doit courir pour aller chercher de l'aide, mais ses jambes sont deux blocs de béton qui refusent d'obéir. Lucas va mourir par sa faute, elle se réveille en hurlant.

Dans le second, elle joue avec son petit frère dans le jardin. Une femme s'empare de Valentin, le charge sur son épaule et part en courant. Aurore rentre dans la maison pour alerter les parents qui ne l'entendent pas, ne la regardent pas. Elle s'époumone en vain tandis que la voleuse d'enfants s'enfuit avec son petit frère. Valentin disparaît par sa faute, elle se réveille en hurlant.

Aurore a demandé ce qu'on allait faire de Lucas. Il a été question de crémation. Épouvantée à l'idée de son frère dévoré par les flammes, elle a protesté si fort que Marie a promis que cela n'arriverait pas. Elle a dit qu'on l'installerait dans son cercueil comme dans un lit où il dormirait pour toujours, dans le cimetière près de la mer. Aurore a demandé qu'on place près de lui le petit chien en vraie fourrure qu'elle lui avait rapporté de la montagne. Pour qu'il se sente moins seul. Marie a dit qu'elle s'en occuperait elle-même.

Valentin et Aurore sont tenus à l'écart des obsèques et ils ne pensent qu'à cela. Ils n'en parlent pas, ils n'en parleront jamais, mais un voile est tombé sur eux et entre eux. Ils ont l'un pour l'autre des égards d'adultes, ils ne se disputent plus, n'échangent que les banalités indispensables. Autour d'eux, leurs pensées grondent comme un essaim de mouches qui les aveuglent, les assourdissent, les isolent l'un de l'autre. Ils sont deux enfants seuls et déboussolés. Ils ont cessé d'être des enfants.

Denise parle souvent pour ne rien dire, juste pour faire du bruit avec sa bouche. Elle est capable de poursuivre sa proie dans toute la maison en continuant à monologuer, impossible de lui échapper, pas même derrière une porte close.

Aurore aime bien sa grand-mère paternelle, dont elle se méfie pourtant. Elle la soupçonne de ne pas être toujours bienveillante. Denise a le chic pour dire une petite chose blessante, l'air de rien, avec un sourire rassurant. Comme lorsqu'elle rappelle à Valentin, de préférence devant d'autres personnes, qu'il lui arrive encore de faire pipi au lit. Valentin en est mortifié, mais Denise sait éteindre tout ressentiment par une caresse ou un bonbon. À Aurore, elle distille des petites piques sur sa mère, si provinciale lorsqu'elle rencontra Paul qu'il avait fallu batailler pour lui faire raccourcir ses ourlets.

Si tu l'avais vue... Tout ça pour se balader à présent avec des jupes au ras des fesses !

Elle égratigne au passage Louis et Suzanne, parents vieillots et tellement stricts.

Ta pauvre maman, coincée entre ses deux gendarmes.

Elle rabâche les mêmes histoires, change parfois un détail. Aurore ne l'écoute pas, elle regarde ses robes, ses bijoux. Denise est élégante, un corps superbe malgré son âge et cinq grossesses. Elle est grande, mince, encore très belle et elle le sait. Elle se vante de rester à la page, prétend parler comme les jeunes, même si cela tombe souvent à plat. Aurore a renoncé à la convaincre que plus personne ne dit : c'est sensass !

Tu sais, ma chérie...

Aurore sursaute. Elle est assise devant son bol de chocolat, incapable de faire l'effort de le soulever pour le porter à ses lèvres. Le regard rivé sur la peau de lait qui se forme, elle n'a pas entendu Denise arriver.

Denise s'assoit en face d'elle, lui beurre une biscotte dont la seule vue lui donne envie de vomir.

Je n'ai pas abandonné Lucas.

Aurore lui lance un regard méfiant.

Je le gardais souvent lorsqu'il était petit, jusqu'au jour où c'est devenu très compliqué pour ta maman, tu comprends ?

Non, Aurore ne comprend pas. Elle soupçonne ses parents de ne pas lui avoir dit toute la vérité au sujet de l'éloignement de Lucas. Pour la préserver, oubliant que rien n'est pire que le doute. Ce qu'on se raconte pour combler le vide des non-dits est souvent bien plus terrible que la vérité tue.

Je ne veux pas que tu croies que je l'ai abandonné. Ce sont tes grands-parents de Cherbourg qui ont proposé de le prendre chez eux, lorsque ton grand-père est parti à la retraite. Tes parents n'y arrivaient plus, tu comprends ?

Non, Aurore ne comprend pas.

Ils travaillaient beaucoup tous les deux, ton père n'avait pas encore terminé ses études. Tu étais toute petite, ta mère était enceinte de Valentin, un accident… Pardon, tu ne savais pas ? Enfin, pour ce que ça change. Bref, ta maman n'a pas tenu le coup. Tu comprends ?

Aurore comprend qu'elle a peur d'entendre la suite. La vérité tue.

On a tenu un conseil de famille et on a pris la décision tous ensemble. Tes parents étaient très réticents.

Surtout ton papa, mais il était mal placé pour donner son avis, vu que c'était ta mère qui passait le plus de temps avec Lucas.

Si Papa n'était pas d'accord, pourquoi a-t-il laissé faire ? Et moi, et Lucas, personne ne s'est demandé si cela nous ferait de la peine d'être séparés ?

C'était le meilleur choix possible, pour tout le monde et aussi pour vous deux. Surtout après ce qui s'était passé.

Aurore comprend que sa grand-mère brûle de lui révéler un secret qui n'est pas pour elle.

Elle était là, minuscule, trottinant seule dans la lumière laiteuse d'un appartement silencieux. Elle se souvient d'une porte entrouverte, de la lumière encore, de sa mère qui ne répond pas, de Lucas qu'on n'entend pas, de la lumière toujours plus vive et d'une couverture rose. Puis des mains qui la soulèvent, celles de son père peut-être, elle ne se souvient pas, elle était si petite, si petite. La peur de ce jour à la lumière blanche, elle la ressent de nouveau, intacte, alors que Denise s'apprête à parler. Ce n'est pour elle qu'un sujet de conversation, mais, pour Aurore, toute révélation serait un nouveau coup, une goutte d'acide au creux du ventre.

La vérité tue.

S'il te plaît, Mamie… je préfère qu'on parle d'autre chose.

Oui, bien sûr, se reprend Denise, un peu désappointée. Enfin, bref, c'était la seule solution pour que Valentin et toi ayez une vie normale.

On n'a jamais eu une vie normale, Mamie.

À propos de ta maman…

Je ne veux rien savoir. S'il te plaît ! Ça sonne, tu devrais aller répondre.

Le téléphone agit sur Denise comme un aimant. Elle abandonne la biscotte et sa petite-fille. Elle a peut-être bien fait de ne rien révéler, qui sait comment son fils et sa belle-fille auraient réagi si Aurore le leur avait répété ?

Un peu plus tard, passant devant la porte entrouverte de la chambre, Aurore sera choquée d'entendre Denise se placer au centre du drame, elle qui ne voyait Lucas qu'une ou deux fois par an.

Elle l'entendra dire : J'ai perdu mon petit-fils.

Et pas : Mon petit-fils est mort.

Ou bien : Mon fils et sa femme ont perdu leur fils aîné.

Et encore moins : Aurore et Valentin ont perdu leur frère.

Car, de ce chagrin-là, de la peine des frères et sœurs survivants, tout le monde se fout.

Le lendemain est un 6 mars. Les obsèques de Lucas ont lieu le matin. Aurore se demande ce qu'elle est censée faire durant ce temps où, loin d'elle et de Valentin, ses parents suivent le cercueil de leur enfant. Elle est accoudée au balcon de l'appartement de Denise, elle regarde le ciel, les marronniers qu'elle pourrait presque toucher, de nouveau le ciel où Lucas se trouve peut-être désormais. Elle a treize ans aujourd'hui et c'est la première fois que ses parents ne sont pas près d'elle pour son anniversaire.

Elle pense à son dernier anniversaire, à son père qui lui prend le visage entre ses mains, plonge ses yeux noirs dans les siens et lui dit : Il y a douze ans, j'étais l'homme le plus heureux du monde. Joyeux anniversaire, ma fille unique et préférée !

Il lui redit chaque année les mêmes mots, il n'y a que le nombre d'années qui change. Il lui rappelle aussi qu'il neigeait ce jour-là et qu'il avait failli ne jamais la voir, car il avait négligé de mettre ses lunettes lors d'une expérience dans son laboratoire. Chaque année, il revit pour elle le sauvetage de ses yeux, sa course folle jusqu'aux lavabos pour les rincer à grande eau et se précipiter ensuite à la maternité pour la découvrir, elle, sa fille unique et préférée.

Ma fille unique et préférée, comme un deuxième prénom, il ne cessera jamais de l'appeler ainsi. Un bébé bien portant, d'un autre sexe, un bébé miraculeux pour consoler de la tragédie du premier, un bébé de remplacement pour se préparer au deuil inéluctable. Un bébé qui, à peine né, était voué à ne jamais décevoir.

Aujourd'hui, Paul est loin d'Aurore. Il ne l'a pas appelée pour lui dire combien il était heureux il y a treize ans. Et s'il devait ne plus jamais être heureux, malheureux au point d'oublier avoir été un jour heureux ?

Les pensées tournent en désordre dans la tête d'Aurore. L'ironie des quinze ans tant attendus devenus l'âge de la mort de Lucas. Ses parents qui ne seront plus jamais les mêmes. Les insinuations de Denise, la crainte que sa grand-mère revienne à la charge pour lui dire ce qu'elle a toujours su, toujours tu et qui lui revient d'un seul coup, dans la clarté éblouissante de cet après-midi où sa mère, pourquoi le nier, a tenté de mourir en emmenant Lucas avec elle, et l'enfant dans son ventre aussi, mais pas elle, petite fille trottinant seule dans l'appartement vide.

On a dit à l'époque qu'elle ne se souviendrait de rien, elle était si petite. Pourtant, le souvenir était là, enfoui mais présent, n'attendant qu'un nouveau drame ou un silence de trop pour se rappeler à elle.

Tout s'explique enfin, Suzanne endossant auprès de Lucas le rôle de mère auquel Marie ne pouvait plus prétendre, Paul regardant obstinément ses mains pour ne pas affronter le regard de ses beaux-parents qui lui avaient pris son fils, Marie simple spectatrice de la situation que son coup de folie avait provoquée.

C'est trop pour Aurore, elle voudrait mourir aussi, histoire d'avoir enfin la paix, ne plus se souvenir de rien, ne plus penser. Suzanne lui a dit qu'on retrouvait en mourant ceux qu'on avait aimés, qu'elle-même espérait rejoindre un jour son petit Pierre, l'enfant blond de la photo, son neveu élevé comme un fils, mort à douze ans à la sortie de l'école. Qui Lucas va-t-il retrouver, lui qui ne connaissait personne ?

C'est son anniversaire et personne ne le lui a souhaité. Elle se sent coupable d'y avoir pensé, son anniversaire n'a aucune importance en ce jour où l'on enterre Lucas, un événement tellement incongru qu'elle ne parvient pas à se le représenter.

Les parents ont menti, il n'a pas guéri à quinze ans, quinze ans sera pour toujours l'âge de sa mort. Est-on guéri lorsqu'on est mort ?

Sa mère a dit que Lucas ne souffrirait plus et qu'elle en était soulagée. Pourquoi son père est-il si malheureux que Lucas ne souffre plus ?

Trop de questions, pas de réponses ou alors pas les bonnes. Seule sur le balcon, Aurore se concentre sur le feuillage des arbres, sa tête tourne, ses yeux brûlent de toutes ces larmes qui ne veulent toujours pas rouler. Quelle sœur ne pleure pas la mort de son frère ? Et, si ses parents lui ont menti, à qui peut-elle faire confiance désormais ?

Aurore voudrait disparaître dans le feuillage des marronniers, comme dans les histoires d'arbre-maison qu'elle racontait à Lucas, sauter du balcon jusqu'à la première branche toute proche. Elle s'appuie de tout son poids sur la rambarde, qui lui scie l'estomac. Elle se hisse sur la pointe des pieds, cherche l'équilibre. Elle se balance doucement, d'avant en arrière, d'arrière en avant, les feuilles sont à portée de main, il suffirait d'une légère poussée des pieds pour plonger dans les bras de l'arbre et s'y faire minuscule, à l'abri de toutes les questions, de ce trop-plein de chagrin, prêt à l'ensevelir.

Il suffirait d'un battement de cils pour que cesse le vacarme dans sa tête, d'un infime déplacement de son poids pour plonger tête la première dans les branches et mourir à coup sûr, le crâne fracassé sur le ciment de l'allée, trois étages plus bas. Plus de peur, plus de questions. Le silence, enfin.

Ses deux pieds quittent le carrelage du balcon, son corps bascule, prêt pour la chute. Elle est dans un rêve, elle se voit voler et retomber. Rejoindre Lucas.

La rambarde écrase ses côtes, la douleur la réveille.

Elle cherche à reprendre appui sur ses pieds, mais son torse est déjà engagé. Elle se sent happée par le vide. Non, ce n'est pas ce qu'elle veut, elle ne veut pas mourir. Ses parents n'y survivraient pas. C'est à eux qu'elle pense alors qu'il est déjà presque trop tard. C'est pour eux qu'elle lutte de toute la force de ses mains, de ses bras, de ses jambes et retombe soudain, hébétée, rebondissant sur le carrelage du balcon. Sauvée. Elle se relève, les fesses meurtries par le choc. De l'autre côté de la baie vitrée, Valentin joue avec la famille de hérissons, tandis que Denise est encore au téléphone. Aurore vient d'échapper à la mort ou au fauteuil roulant, personne n'a rien vu, personne n'en saura rien.

Jamais elle n'en parlera.

Ils arrivent le soir même, après un long voyage en voiture. Ils viennent d'enterrer leur enfant et n'en diront pas un mot. Paul avec ses nouveaux cheveux blancs, Marie identique à elle-même, si ce n'est cette fêlure apparue dans ses yeux bleu porcelaine.

Ils ont accompagné Lucas au cimetière, puis ils sont allés acheter des cadeaux et un gâteau d'anniversaire pour Aurore. Ils ont même pensé aux bougies. Ils s'installent tous les cinq autour de la table basse du salon, Aurore ouvre ses paquets, tandis que son père lui glisse à l'oreille combien il était heureux il y a treize ans en découvrant Mafilleuniqueetpréférée, plus que jamais en un seul mot. Un sac à main, son tout premier, elle en rêvait. Dans sa vie d'avant. En cuir vert bronze, avec une lanière pour le porter en bandoulière. Elle reçoit également un parapluie, qui fait cadeau d'un parapluie à une enfant de treize ans ?

Ce sont des présents de grande personne pour la cadette devenue l'aînée.

Aurore souffle ses bougies, du premier coup. Denise coupe le gâteau et dispose les parts dans les assiettes à dessert de son service de mariage, liseré doré et décor de fraisiers.

8

DANS LA CABANE au fond du jardin, les coussins et la couverture sentent l'abandon. Aurore ne vient plus guère dans sa cachette. Les cahiers noircis de son écriture sont rangés sur l'étagère au-dessus de la fenêtre. Des contes, des nouvelles, des poèmes, des romans écrits seule ou à quatre mains avec Valeria, illustrés d'images découpées dans les journaux. Un monde de papier, naïf et fantaisiste, comme son enfance perdue. Il y a aussi le livre dans lequel sa mère lui a appris à lire et qu'elle connaît presque par cœur. *Paroles*, de Jacques Prévert. Elle l'a tellement lu et relu qu'il lui semble entendre la voix du poète dire pour elle seule ces mots qu'elle ne comprend pas toujours, ces mots bienveillants qui lui entrent droit dans le cœur pour dire que rien n'est grave sauf peut-être la mort.

Elle se demande comment Prévert raconterait le cratère. Elle, elle ne peut pas. Et rouvrir ses carnets pour des récits futiles, des histoires de rien, serait une trahison.

Elle n'écrit plus, ne lit plus, ne joue plus de piano. Retient son souffle et ses larmes. Elle n'est plus tout à fait vivante, mais s'épuise à donner le change. Son chagrin se doit d'être invisible. Et silencieux.

Elle n'a même plus envie d'épier les voisins, des gens tellement normaux que cela lui fait mal au ventre de les regarder vivre comme si de rien n'était, comme si le malheur n'était tombé que d'un côté du mur.

Elle ne pleure pas, ne parle plus.

Elle se fait toute petite pour ne pas empiéter sur le chagrin de ses parents.

Son père si jeune aux cheveux blancs, sa mère aux yeux de porcelaine brisée, il n'existe pas de mot pour dire la tragédie qui les frappe. Pas de mot non plus pour dire ce qu'il en est de leurs enfants survivants, pas de mot pour dire le chagrin sans nom d'Aurore, car il n'est ni veuf, ni orphelin, celui que la vie ampute d'un frère ou d'une sœur. Aurore, qui cherche, s'égare, pense que ce n'est pas juste de ne pas nommer l'innommable, de ne pas au moins essayer. Mais il n'y a pas, il n'y aura jamais de mot pour dire le mal de frère.

Les souvenirs lui font mal, elle les convoque quand même, serre contre sa poitrine le lapin en peluche de Lucas, oublié lors de sa dernière visite, celui qu'elle s'amusait à faire parler lorsqu'elle lui racontait l'histoire du lapin facteur qui dévorait les lettres d'amour.

C'était un jour d'ennui chez Suzanne et Louis. Elle avait lu tous les livres de la petite bibliothèque des enfants, de vieux volumes de la comtesse de Ségur aux couvertures de tissu rose passé marquées à l'or terni et dont les gravures grises et le papier jauni l'attristaient.

Elle avait obtenu le privilège d'utiliser le secrétaire à battant de Suzanne, sous la surveillance de l'enfant blond dans son cadre doré, ce Pierre aux yeux rieurs, fauché à douze ans par un chauffard ivre. Suzanne avait installé Aurore devant un bloc-notes à feuilles quadrillées et un stylo à bille bleu. On ne l'avait plus entendue de tout l'après-midi.

J'ai écrit une histoire. Écoute !

D'une voix d'abord tremblante et bien vite affermie, Aurore avait lu à Lucas l'histoire qu'elle venait d'écrire.

Tu as aimé ? demanda-t-elle, un peu vexée de voir Lucas fixer le mur devant lui comme s'il n'avait rien écouté.

Bien sûr, il n'ouvre pas les lettres, expliqua-t-elle. C'est un lapin bien élevé. Mais il devine que ce sont des lettres d'amour, car elles sont plus tendres que les autres. Tu as raison, j'aurais dû le préciser. Je le fais tout de suite.

Lucas approuva de son plus beau sourire et c'est ainsi qu'Aurore se découvrit, à sept ans, une vocation et un public.

Six ans plus tard, dans le refuge au fond du jardin, son imagination est à sec. Comme ses yeux, comme son cœur, comme toute sa petite personne pétrifiée.

Les parents sont sortis et Aurore en a profité pour s'éloigner du téléphone auprès duquel elle veille. C'est un appareil beige à cadran, avec un fil en tire-bouchon que l'on peut tirer pour parler tranquillement, derrière la porte de l'escalier par exemple.

Les premiers jours, il y avait eu beaucoup d'appels. Aurore décrochait dès la première sonnerie, chuchotant afin de ne pas être entendue par Marie. Car c'était sa mère que les gens appelaient. Des amis, des collègues, avec des voix de mourants pour demander : Comment va ta maman ? Ta mère tient le coup ?

Que pouvait-elle répondre ? Mal, très mal, mettez-vous à sa place. Je crois qu'elle a envie de mourir et cela me terrorise. Au lieu de cela, Aurore répondait froidement que sa mère se reposait.

Jamais on ne demandait à Aurore comment elle allait.

Certains voulaient savoir comment Lucas était mort, d'autres tentaient d'enrober leur curiosité sous des banalités. Aurore ne se laissait pas piéger, disait qu'elle ne savait rien. Et puis il y avait ceux qui se croyaient indispensables et proposaient de passer, insistaient pour parler à sa mère, plus rarement à son père.

Du haut de ses treize ans, Aurore évaluait rapidement si l'appel était de nature à réconforter sa mère ou à l'attrister plus encore. Dans le doute, elle faisait obstruction, ne passait aucun appel, ne transmettait pas les messages. Elle procédait de même avec le courrier, ouvrant les lettres de condoléances et assumant la responsabilité d'en escamoter certaines. Comme le lapin facteur inventé pour Lucas.

Il avait suffi d'un seul coup, brutal et définitif, pour mettre fin à l'enfance.

Mais de quoi cette fin était-elle le début ? se demandait Aurore tandis que lui parvenaient des rires d'enfants en provenance du jardin voisin. Elle se boucha les oreilles et courut se réfugier dans sa chambre, son univers de petite fille qu'elle n'était plus, papier peint à rayures roses et blanches, poupées et peluches sur le lit, étroit bureau d'études de son père laqué de blanc pour elle, bibliothèque ployant sous le poids des livres. Et le piano droit avec ses chandeliers en cuivre qui avait valu à son arrière-arrière-grand-père, facteur de pianos chez Gaveau, le titre de meilleur ouvrier de France. C'était la fierté de Denise et une calamité pour les oreilles, ce son fêlé et cette mécanique exténuée qui ne tenait plus l'accord.

Sur le pupitre, la partition de Bach était restée ouverte à la page étudiée lors du dernier cours de piano, avant l'annonce du grand malheur. Il n'y avait plus eu de leçon depuis. Aurore s'assit devant le couvercle fermé, le souleva à demi, enfonça de l'index quelques touches ébréchées, puis l'ouvrit tout entier. Le clavier lui sembla une grande bouche ricanante qui se moquait d'elle, l'invitant à rompre le silence, à se risquer de nouveau dans la vie. Elle osa un accord, puis un autre, joua le menuet en tombant dans les pièges signalés au crayon, l'esprit englué dans des sentiments confus de culpabilité et de plaisir retrouvé. Dire sans mots, elle le pouvait. Il suffisait pour cela de renouer avec la musique.

9

Du jour au lendemain, toutes les photos de Lucas disparurent. Dans le couloir de l'étage, il ne resta plus au mur que des marques grises, des vides qui ne parlaient que de lui. De lui petit, car on ne le photographiait plus depuis longtemps.

On ne prononça plus son nom, on ne s'habilla pas de sombre, Paul et Marie reprirent le travail et les enfants l'école, le deuil était interdit.

Depuis la mort de Lucas, ils sortaient beaucoup tous les quatre, plus souvent qu'avant, le week-end mais aussi en semaine. Ils quittaient leur banlieue tranquille pour s'étourdir à Paris, rejoignaient Paul dans son laboratoire, écumaient les cinémas du Quartier latin et terminaient leurs soirées dans une pizzeria du boulevard Saint-Michel, toujours la même, avec son couple de patrons adorables, amis du temps d'avant, qui savaient leur malheur et leur témoignaient en silence une sympathie pleine de tact.

Les pizzas sortaient sous leurs yeux du four à bois, joufflues et croquantes. Paul et Marie buvaient du chianti dans des bouteilles habillées de paille. Lorsqu'elle avait trop bu, Marie riait fort. Paul regardait ses mains et souriait parfois, pour faire plaisir à sa femme, un sourire de la bouche qui atteignait rarement les yeux. Aurore et Valentin étaient invités à commander les desserts les plus fous, banana split, chocolat liégeois, enfouis sous des débauches de crème chantilly, parce qu'on ne vit qu'une fois, disait leur mère.

Il y eut bientôt trop de tout, trop de films pour se souvenir de chacun, trop de dîners au restaurant pour ne pas ressentir la nostalgie des repas à la maison.

Mais au cinéma on peut se taire sans ressentir l'angoisse du silence, lourd de tout ce qu'on voudrait dire, qu'on ne peut pas dire, qu'on n'a pas le droit de dire. Au cinéma, il est naturel de se taire.

Au restaurant, la musique de fond, le va-et-vient du personnel et des clients, les conversations aux autres tables entretiennent l'illusion de passer une soirée animée, sinon joyeuse.

Ils s'astreignaient au bonheur.

Encore quelques mois et les amis reviendraient à la maison, il y aurait de nouveau des soirées diapo et des barbecues dans le jardin.

Paul rentrait de plus en plus tard et regardait de moins en moins ses enfants, Marie se noyait dans le travail, Valentin disparaissait des journées entières chez ses copains.

Aurore avait changé de professeur de piano et passait des heures à étudier de nouvelles partitions, à écouter toutes les symphonies de Beethoven, à se réfugier dans la musique, où les émotions s'expriment sans paroles. Sa mère s'en inquiétait, disait que le piano était devenu une drogue. C'était vrai. Aurore n'avait rien trouvé de mieux pour survivre.

Ils étaient quatre personnes très seules vivant sous le même toit.

Le collège était le seul endroit où Aurore respirait, vivait des choses de son âge avec des gens sans histoires, apprenait à se tenir en équilibre au bord du cratère. En funambule.

Apprenait à se taire, à se mentir, à tricher avec elle-même.

Apprenait à sourire, à dire ce n'est pas grave.

Elle savait que tout le monde savait pour Lucas, mais personne ne lui en parlait. Pour dire quoi, de toute façon ? De son vivant, Lucas avait été tenu si bien caché qu'aucune de ses amies ne l'avait rencontré, pas même Valeria.

Lucas dont on ne parle pas, Lucas dont toute trace a été effacée de la maison de ses parents, leur maison amputée de lui, bancale du manque de lui. Elle pense à sa mère, qui conserve une mèche de ses cheveux et son faire-part de naissance dans le secret de son armoire. Une mèche de cheveux dans une enveloppe, comme celle de l'autre enfant mort, ce Pierre dont on ne parle pas non plus. Elle ouvre son cahier pour se débarrasser de ces non-dits qui l'étouffent et le referme aussitôt. Il lui est impossible de raconter Lucas.

Les vacances de Pâques arrivent trop vite et rendent inévitable le retour chez Suzanne et Louis, pour la première fois sans Lucas, avant le premier Noël, qu'ils redoutent déjà, dans cette maison de famille où subsistent les traces d'ancêtres qu'Aurore n'a pas connus. La cuisinière à bois, la bassinoire en cuivre, les édredons de satin rouge ou or, utilisés depuis plus de cent ans, les morts et les vivants sous le même toit.

Ils arrivent en fin d'après-midi. Comme d'habitude, le chien aboie dès qu'ils mettent un pied sur le trottoir. Comme d'habitude, Louis crie : Les voilà ! Comme d'habitude, le portail s'ouvre en grand, on s'embrasse, on se déchausse sous l'escalier qui sent la cire et la vieille chaussette. Le tic-tac des horloges, l'odeur de la soupe qui déjà mijote, tout est absolument comme d'habitude. Dans la salle à manger, rien n'a bougé. Le divan de Lucas, ses animaux en peluche, sa lampe à lave, il ne manque que le chien en vraie fourrure. À la place, dans un cadre argenté, il y a désormais une grande photo de Lucas qu'Aurore n'a jamais vue.

Dans la bibliothèque du salon, d'autres photos de Lucas sont apparues, de toutes tailles, en noir et blanc ou en couleur. Aurore ne se souvient pas avoir vu quiconque photographier Lucas et pourtant il est là, à tous les âges, sur ces clichés simplement adossés aux livres, si nombreux qu'on ne lit plus les titres. D'ailleurs ce n'est plus une bibliothèque, mais un patchwork géant en mémoire de Lucas, un mur du souvenir. Dans le petit bureau de Suzanne, Lucas sourit sur tous les murs. Il est partout, seul ou avec les siens. Sur le secrétaire, il apparaît au même âge que Pierre, qui semble l'accueillir depuis son cadre doré.

Dans la cuisine, Louis dispose les tartines sur une assiette, d'épaisses tranches de pain de campagne recouvertes d'une couche presque égale de beurre et saupoudrées de chocolat. Suzanne prépare le thé. Ils s'installent tous les six autour de la table de la cuisine, c'est une fin d'après-midi ordinaire. Suzanne dit que c'est vendredi demain, qu'elle ira à la criée acheter des maquereaux à griller dans la cour, sur son petit barbecue. C'est le plat qu'Aurore déteste le plus au monde, odeur, arêtes, consistance, mais elle est rassurée que cette tradition soit maintenue, comme celle de la soupe du soir ou des tartines du goûter, des repères dans leur monde en ruine.

Il n'y a pas de photo de Lucas dans la cuisine.

Après le goûter, Aurore se faufile au premier étage. Sur le palier, la porte de droite donne sur la chambre de Lucas, celle de gauche sur la salle de jeux où elle dort d'habitude avec Valentin. Pour aller de l'une à l'autre, il faut traverser la chambre de Suzanne et Louis, bleue et fleurie avec ses meubles en acajou, son couvre-lit assorti aux rideaux et le parfum de laque Elnett dont Suzanne asperge sa mise en plis du dimanche.

La courtepointe ne fait pas un pli sur le lit où Aurore aime se glisser tôt le matin, quand Louis est déjà au jardin, en sabots de caoutchouc, les doigts dans la terre et la tête dans les nuages. Suzanne lui raconte des histoires de sa propre enfance, lui parle de ses aïeules dont les doigts ont brodé les piles de linge auxquelles on ne touche jamais, ces trousseaux serrés dans l'armoire qui sent le camphre et la lavande, amidonnés et repassés, dont elle extrait parfois une nappe ou un drap pour lui faire admirer la finesse du travail d'aiguille. En ce temps-là, on savait travailler, soupire-t-elle.

Chaque matin, Louis coupe une fleur de son jardin et la dépose sur le plateau du petit déjeuner qu'il apporte à Suzanne. Chaque matin, il embrasse sa femme sur le front et retourne à ses occupations. Suzanne permet à Aurore de goûter le café au lait.

Sur la coiffeuse, c'est toujours la même photo, Aurore, Valentin et Lucas, allongés en étoile dans l'herbe riant aux éclats. Ils doivent avoir douze ans à eux trois.

La porte de la chambre de Lucas est ouverte. Aurore hésite à entrer, comme si, en mourant, son frère était devenu une autre personne, intimidante et solennelle. Elle fait un pas en avant, aux aguets, s'attend presque à le voir apparaître pour lui dire que tout n'était qu'une farce, regarde-moi, je suis là, bien vivant, d'ailleurs rien n'a changé ici, comment as-tu pu croire, on ne meurt pas à quinze ans.

C'est vrai que je ne t'ai pas vu mort, lui répondrait-elle. J'ai cru sur parole ce qu'on m'a raconté ou, plutôt, ce que j'ai dit à leur place tellement j'avais peur de l'entendre de leur bouche. J'ai cru ce que ne m'ont pas dit les parents.

À voir la couverture écossaise bien pliée sur le lit, les animaux en peluche sur le fauteuil en rotin, le livre de contes dans la petite bibliothèque murale, la veilleuse sur la table de chevet, à voir combien tout est rigoureusement identique à la dernière fois où elle est venue lui souhaiter bonne nuit, Aurore doute.

Où es-tu, Lucas ?

Elle respire la couverture qui a gardé son odeur, pose à la place de la sienne sa joue sur l'oreiller, sur la taie qui sent bon la lessive.

C'est ici qu'ils l'ont allongé lorsqu'il ne s'est plus réveillé, au chaud, tout près de Suzanne et Louis.

Ses affaires, son petit monde n'ont pas bougé. Il pourrait revenir d'une minute à l'autre, il regarderait un livre avec Aurore ou bien il aurait dormi plus longtemps que d'habitude et ce serait l'heure de l'habiller. Suzanne le sortirait du lit, le dos cassé sous son poids, mais elle ne se plaindrait que plus tard, jamais en sa présence. Elle lui masserait les pieds, toujours bleus au réveil. Elle lui enfilerait les grosses chaussettes qu'elle tricote pour lui, elle glisserait sous ses genoux des anneaux de ruban élastique pour les faire tenir sur ses mollets aux muscles atrophiés, elle demanderait à Aurore d'ouvrir l'armoire pour y choisir sa tenue.

Fais-moi juste un petit signe, je t'en supplie.

Elle serre contre sa poitrine chacune de ses peluches, l'ours borgne qui sent le vieux biscuit, le chat bleu qu'elle enfouit sous son pull, à même la peau. Si tu es parti, laisse-moi au moins un petit morceau de toi.

Elle continue à fureter dans la chambre, à chercher des indices de son départ, mais tout est à sa place, son flacon de sirop à peine entamé sur la table de nuit, le lange pour lui essuyer la bouche lorsqu'il bave, rien n'indique qu'il ne dort plus dans cette chambre.

L'armoire. La clé est sur la serrure, il suffirait de la faire tourner pour se heurter à l'évidence des étagères vides, il faudrait avoir le courage de se cogner à la réalité pour comprendre cette phrase qu'elle seule, alors qu'elle ne savait rien encore, avait osé prononcer, ces trois mots, sujet-verbe-adjectif, qu'elle n'a jamais entendus d'une autre bouche que la sienne : LUCAS EST MORT.

Est-ce si compliqué de poser les choses une bonne fois pour toutes, d'avoir le courage de dire, de nommer, de montrer du doigt, même si c'est impoli, afin qu'il n'y ait plus le moindre doute, le moindre espoir, afin qu'elle n'en soit pas réduite à fouiller cette chambre comme une voleuse, cette chambre où elle circulait librement quand il était vivant, quand il n'était pas mort, quand elle ne savait pas encore qu'il y avait pire que d'avoir un frère différent, et que ce serait d'en être amputée et de ne pouvoir nommer cette douleur pour laquelle aucun mot n'a été inventé ? Parce qu'elle n'est ni romantique, ni théâtrale, cette douleur-là. Elle ne fait pas de bruit, elle ne se montre pas. C'est comme si elle n'existait pas. Pourquoi lui chercher un nom ?

Alors elle prononce tout haut : LUCAS EST MORT. Elle le répète plus fort, devant le lit où son frère a été un mort, une dépouille, un cadavre, cette chose étrange entre ici et nulle part.

Elle ouvre l'armoire où s'empilaient à gauche les pantalons de Lucas, à droite ses chemises, sur l'étagère du haut ses pull-overs. Le battant grince et elle voit à gauche ses pantalons, à droite ses chemises, sur l'étagère du haut ses pull-overs. Et son survêtement bleu turquoise.

Ce n'est plus la chambre de Lucas, c'est un mausolée. La maison entière, la maison de leur enfance est figée dans le deuil. Il leur faudra apprendre à y marcher sur la pointe des pieds, à se faire minuscules face à l'encombrante absence de Lucas. Le contraire de chez eux, où toute trace, tout souvenir ont été effacés, pour que Lucas ne survive que dans le secret de leurs cœurs.

Les deux maisons meurent, chacune à sa manière. Celle de Paul et Marie ne se remettra pas du projet avorté de la fratrie réunie. Celle de Suzanne et Louis s'est figée pour toujours, comme les corps pétrifiés de Pompéi après la pluie de cendres.

Aurore rêvera toute sa vie de ce qu'ils ont touché du doigt sans jamais l'atteindre ensemble : une maison de famille, un refuge où se tenir chaud quand la vie fait mal, des arbres au-dehors plantés à la naissance de chaque enfant et qu'on aurait regardés grandir, tous ensemble, de grandes tablées en l'honneur desquelles on aurait enfin sorti des armoires les nappes blanches brodées par les aïeules inconnues, les verres en cristal et l'argenterie des noces d'antan.

La maison de Paris est celle de Paul et Marie, si jeunes encore avec, devant eux, toute une vie à vivre, une vie sans Lucas.

La maison de Cherbourg est celle de Suzanne et Louis, la vie s'y est arrêtée en même temps que le cœur de Lucas.

La place d'Aurore n'est ni dans l'une, ni dans l'autre.

10

Ils ne savaient que faire de tout ce silence, alors ils avaient allumé la télévision. Pour écouter les informations, s'était justifié Louis. En vérité, aucun d'entre eux n'éprouvait le moindre intérêt pour ce qui se passait au-dehors, dans le monde des gens normaux.

Ils ne savaient plus se parler sans se faire mal, ils n'osaient plus se regarder dans les yeux de peur de se heurter à leur propre détresse. Les regards étaient aimantés par le divan dont l'assise conservait la forme du corps absent, par le petit monde de Lucas auquel on ne toucherait plus.

Ils sombraient tous ensemble ce soir-là autour de la table, Louis et Suzanne, Paul et Marie, agrippés l'un à l'autre, et, face à eux, les enfants survivants, trop jeunes pour ce malheur trop grand.

La voix entra dans la pièce comme un souvenir des jours heureux, quand les parents écoutaient des chansons de coin du feu, de jeux à quatre sur le tapis noirci, de câlins du soir dans le canapé de velours grenat. Brel, Barbara, Brassens. Ferré, aussi, avec ses *Anarchistes* à plein volume, toutes fenêtres ouvertes les soirs d'élections pour enquiquiner les voisins. Et Montand, dont la voix souriante de faux jeton venait de s'engouffrer dans l'atmosphère suffocante de non-dits, en ouverture du journal télévisé du 11 avril 1977.

En ce temps-là la vie était plus belle et le soleil plus brûlant qu'aujourd'hui…

Montand est mort ! s'exclame Marie.

Aurore, qui se fait toute petite depuis que les adultes se taisent, se redresse. Elle écoute les mots de Prévert. Prévert, dont elle lisait presque chaque jour quelques pages à voix haute, juchée sur le tabouret de la cuisine, quand sa mère préparait le repas. Prévert, qu'elles commentaient ensemble et qui, par petites touches, forgeait sa vision du monde avec cette élégance de dire des choses graves sans avoir l'air d'y toucher, d'émouvoir avec trois fois rien. Prévert habite à quelques kilomètres de la maison des grands-parents. Louis a proposé d'aller lui rendre visite, il suffit qu'Aurore lui écrive, Jacques Prévert répond toujours aux lettres des enfants.

Dans la nuit noire de l'oubli…

Il apparaît sur l'écran, en photo avec son éternelle clope au bec.

Ouf, dit Paul en serrant la main de Marie.

Non ! supplie Aurore en silence, les poings serrés, prête à se boucher les oreilles.

Tant que rien n'est dit, c'est comme s'il ne s'était rien passé.

Mais une voix indifférente, presque enjouée, annonce la mort du poète Jacques Prévert à l'âge de soixante-dix-sept ans, dans sa maison d'Omonville-la-Petite.

Aurore retient les larmes qui s'ajoutent à toutes les autres qu'elle ne verse pas, parce que celles des adultes occupent toute la place. Elle regarde ses parents qui pensent déjà à autre chose, toujours la même horrible chose, elle se dit qu'elle les déteste et le regrette aussitôt. Elle se sent coupable. Coupable de détester ceux qui l'aiment, coupable d'attendre d'eux une attention qu'ils ne peuvent plus lui donner, coupable d'être une enfant debout, coupable d'être une enfant vivante. Alors elle baisse les yeux et se tait, éparpillant du bout de sa fourchette, tout autour de l'assiette, la nourriture qu'elle ne peut plus avaler.

11

ILS ONT SURVÉCU à ce premier dîner sans Lucas.

Suzanne a préparé la tisane dans la théière marron avec les trois bandes blanches, l'a versée dans les tasses en pyrex marron, tout semble marron, gris, terne. Ils ont bu leur tisane, cernés par les photos de Lucas. Personne n'a parlé de lui, mais leurs silences étaient remplis de lui. Louis a demandé à Aurore si tout allait bien à l'école, la question que posent les adultes lorsqu'ils ne savent pas quoi dire. Elle a répondu que ses notes étaient bonnes, parce que c'était la réponse attendue. Et parce que c'est vrai, elle reste en tête de classe malgré ces moments où elle se sent séparée des autres par un mur transparent, comme ces enfants chauves isolés dans des bulles de plastique qu'elle a vus à la télévision.

Les horloges du rez-de-chaussée sonnent ensemble la demie de neuf heures, l'heure pour Valentin et Aurore d'aller se coucher. Leur première nuit ici depuis la mort de Lucas.

J'y vais, dit Suzanne en faisant signe à Marie de ne pas bouger.

Ils sont assez grands pour aller se coucher tout seuls.

Suzanne ignore la remarque de sa fille et précède les enfants dans l'escalier. Valentin se jette sur son lit et fait mine de ronfler. Aurore meurt de l'imiter, comme on débranche une prise, pour avoir enfin la paix. Mais Suzanne la prend par la main, l'entraîne dans sa chambre, puis dans celle de Lucas.

Aurore se sent démasquée. Elle est venue fouiller sans permission, personne ne lui avait dit que c'était interdit. Elle pensait n'avoir fait aucun bruit, la porte de l'armoire a dû la trahir en grinçant. Elle voudrait se justifier, demander pardon, mais Suzanne ne dit rien, ne lui reproche rien, ne la regarde même pas. Lui désigne du menton sa valise ouverte au pied du lit de Lucas, sa chemise de nuit étalée sur la couverture écossaise.

Cela te ferait plaisir de dormir ici ?

Aurore en a le souffle coupé.

Il n'y a qu'une seule bonne réponse.

C'est une faveur, un honneur que lui fait sa grand-mère de remplacer son frère mort dans ce lit, tout près du sien.

Suzanne promet de laisser la porte ouverte, comme pour Lucas, et même la veilleuse allumée si elle a peur du noir. Comme si Aurore avait encore cinq ans, alors que, dans son cœur et dans son corps fatigué, il lui semble en avoir cent.

Suzanne supplie sa petite-fille de ses yeux bleu faïence où toute vie s'est éteinte, comme dans ceux de Marie. Elle ne supporte pas ce lit vide, cette chambre silencieuse, son regard est un appel au secours et c'est à une enfant de treize ans qu'elle demande de la sauver.

L'idée de s'allonger à la place de son frère mort épouvante Aurore.

Mais il n'y a qu'une seule bonne réponse.

Alors elle se retrouve seule dans le noir, dans cette chambre où ses parents ne viendront pas lui souhaiter bonne nuit. Elle se tient raide et tremblante, vivante dans ce lit où Lucas a reposé mort, le visage tourné vers le mur ou vers la porte, elle ne le saura jamais.

Aurore se réveille en larmes, les jambes entravées par les draps emmêlés. L'horloge de la chambre des grands-parents sonne sept heures, mais c'est le glas qu'elle entend.

Elle a enfin la preuve de la mort de Lucas, là, sous son nez, et cette preuve, c'est elle-même, enfant de remplacement allongée dans ce lit où il ne reviendra plus.

12

Aux premiers jours de l'été, les amis reviennent profiter du jardin. Aurore et Marie ont repris l'habitude de se lire des poèmes à haute voix dans la cuisine. Prévert, toujours, mais aussi Eluard et Aragon.

Aurore n'a plus peur que Marie se suicide. On ne fait pas une chose pareille avec deux beaux enfants en pleine santé, lui avait répondu sa mère lorsqu'elle avait enfin osé lui exprimer ses craintes.

Aurore ne pose plus de questions sur Lucas, ne demande plus rien au sujet de sa maladie. À chaque fois qu'on prononce son prénom, sa mère pleure, son père pleure, elle n'est pas une enfant cruelle qui voudrait faire de la peine à ceux qu'elle aime. Alors elle se tait.

Elle s'applique à se faire discrète, à ne causer aucun souci à ses parents, qui ont déjà tant souffert. Bien que son âge le lui autorise, faire une crise d'adolescence serait tout à fait malvenu.

Sa mère l'étouffe sous ses peurs, elle a perdu un enfant et ne lâche plus ses deux survivants. Si elle pouvait, elle les mettrait sous cloche, pour toujours, à l'abri de tout danger. Aurore apprend à ne plus demander ce qui sera refusé ou, pire, accordé avec tellement de conditions et de recommandations que le plaisir en sera gâché : dormir chez ses amis, partir en voyage scolaire, faire le moindre pas en dehors des itinéraires balisés entre la maison et le collège ou le conservatoire.

Elle dit c'est pas grave. Et le pense.

Elle a caché le lapin de Lucas dans son placard et le reprend chaque nuit pour dormir avec lui. Un soir, elle l'oublie et s'endort quand même. Elle va mieux.

Parfois, au collège, elle passe une journée entière sans penser à Lucas. La première fois, elle s'en veut, se sent déloyale. Ses camarades s'étonnent de la voir rire comme avant, comme si de rien n'était. Elles chuchotent dans son dos, alors elle se surveille, s'interdit de rire trop fort pour ne pas passer pour une fille sans cœur. Finalement, la mort de Lucas ne l'a pas rendue semblable aux autres. Pire, son rêve de normalité est désormais hors d'atteinte.

C'est une photo en couleur. Nous sommes assis côte à côte, chacun sur une chaise pour enfant, la mienne est un peu plus haute que la sienne. J'ai neuf mois peut-être, je tends vers lui mes mains potelées avec mon bracelet de naissance en or coincé dans le pli de mon poignet droit. J'ai au moins deux mentons sur cette photo. Il sourit, pas à moi ni au photographe, de toutes ses dents de lait parfaitement alignées. C'est un bel enfant, blond comme moi, avec les yeux un peu bridés que seuls lui et moi avons dans la famille. Il est vêtu d'une blouse bleu marine à pois et col rouge, moi d'une robe sans manches en vichy bleu ciel. On voit que nous sommes des enfants soignés.

Derrière nous, le rideau de tissu avec ses chapelets d'ail et de piments, ses tomates et ses poivrons sur fond de petits carreaux gris et blancs est d'une laideur touchante qui fleure bon les années soixante.

Rien ne cloche sur cette photo. On perçoit la familiarité entre nous deux et pourquoi en irait-il autrement ? Il était là avant moi, avec sa frimousse d'ange et les premiers stigmates de la maladie, encore peu visibles. Il avait passé l'âge de la marche, puis des premiers mots, sans faire mine d'acquérir ni l'une, ni les autres. Il grandissait sans progresser, régressait même. Son état, qui ne m'avait pas attendue pour empirer, était le grand chagrin de mes parents. Il n'était pas le mien. Il me faudrait encore quelques années pour rencontrer d'autres grands frères et admettre que Lucas ne leur ressemblait pas.

Cette photo montre un grand frère et une petite sœur collés l'un à l'autre comme nous le sommes restés pendant presque trois ans, nous comprenant parfaitement, élaborant notre propre langage, ainsi que le font parfois les jumeaux, inventant leurs propres codes pour retarder le moment où les adultes s'immisceront dans leur bulle.

Cette photo dit notre monde à nous, moi la petite, essayant d'attirer l'attention du grand, comme toutes les petites sœurs du monde, lui, ignorant malicieusement mon manège, comme tous les grands frères du monde.

Cette photo dit le bonheur de l'ignorance, elle dit l'innocence qui, à ce moment-là, a permis la complicité d'un grand frère et d'une petite sœur qui le regarde comme jamais plus on ne le regardera après elle, avec l'admiration que les petits ont naturellement pour leurs aînés. Cette photo dit que, à ce moment de nos vies et pour un temps très court, chacun de nous est dans son rôle et à sa juste place.

Cette photo ne dit pas que j'entraînerai bientôt Lucas dans mon sillage, adaptant nos jeux sans même y penser, parlant d'une seule voix pour nous deux, faisant de chacun de mes progrès un bien commun. Je saurai entendre, au-delà des mots qu'il ne prononcera jamais, ses besoins, ses envies, ses contrariétés et ses joies. Cette photo ne laisse pas encore deviner que nous ne sommes ni frères ni jumeaux, mais bientôt des siamois. Mon corps suppléera autant qu'il le pourra aux défaillances toujours plus grandes du sien, jusque dans la consolation que ma santé insolente apportera à nos parents blessés, jusqu'à la défaite finale dont je ne pourrai faire moins que d'en prendre ma part.

13

Six ans ont passé. Six ans sans Lucas, six ans d'évitement et de silences pour ne pas succomber à l'appel du vide.

Au début, le bonheur a été un choix auquel les parents se sont astreints, chacun croyant, de bonne foi, faire l'effort pour les autres. Puis cette politesse est devenue une habitude, un serment à soi-même renouvelé chaque matin. Un devoir.

Six ans à porter en elle ce vieil enfant dont on ne prononce jamais le nom dans la maison de ses parents.

Six ans à grandir, à découvrir de nouveaux livres, à progresser au piano. Six ans à sourire et à répéter, c'est pas grave, encore et toujours, face aux petits accidents de la vie. Et à le penser de plus en plus souvent.

Six ans à sentir ses jambes se dérober sous elle à chaque fois que le téléphone sonne.

Six ans à sauter des repas, à oublier de se nourrir, puis ne même plus s'asseoir à table.

Six ans à traverser les rues sans regarder à gauche ni à droite, à se coucher de plus en plus tard et parfois pas du tout.

Six ans à exercer sa toute-puissance sur ce corps privé de nourriture et de sommeil et qui pourtant obéit, séduit, réussit ce que le cerveau commande.

Aurore se jette dans les études, ne connaît ni fatigue ni limite, mais s'effondre dès le premier jour des vacances. Ce n'est pas la fatigue gratifiante du travail accompli, mais celle de l'effort déployé pour ne pas perdre pied lorsqu'elle se retrouve face à elle-même, sans garde-fou au bord du cratère.

Six ans à maintenir vivant en elle un frère mort dont elle est depuis longtemps devenue l'aînée.

Six ans à lui parler en silence dans le secret de son cœur. Six ans à donner le change, emprisonnée dans son image lisse de grande fille sans histoires.

Comme chaque année depuis six ans, Aurore appelle Suzanne pour l'anniversaire de la mort de Lucas. Comme chaque année, elle lui demande de fleurir de roses rouges cette tombe qu'elle n'a jamais vue. C'est leur secret.

J'ai tout perdu, dit Suzanne au téléphone.

Une confidence inattendue, une main enfin tendue qu'Aurore saisit au vol.

Emmène-moi sur la tombe de Lucas.

Si tu me promets de ne pas le dire à tes parents. Ce sera notre secret.

Dans cette famille, on n'est plus à un près.

Ils sont de nouveau réunis à Cherbourg pour l'anniversaire de Marie, dans la maison mausolée où Aurore dort toujours dans la chambre de Lucas.

Suzanne se penche vers sa petite-fille avec un air de conspiratrice pour lui glisser à l'oreille qu'elles se rendront au cimetière après le déjeuner, pendant que les parents seront au cinéma.

Cela fait six ans qu'Aurore attend, mais elle se sent prise de court, fébrile comme pour un rendez-vous amoureux.

Il allait forcément se passer quelque chose d'énorme, une rencontre, un signe, un éclair dans le ciel, elle ne savait pas quoi, son attente était immense.

Elle a passé la matinée à errer dans la maison, à ouvrir des livres et à les refermer sans en avoir lu la moindre ligne, à faire trois fois le tour du jardin sans un regard pour la floraison remarquable de ce mois de mai, à faire semblant d'écouter Louis parler de ses plantes et à ne rien retenir. Tout a glissé sur elle jusqu'au déjeuner, qui lui a été un supplice.

Les conversations anodines, Paul qui regardait toujours ses mains, elle incapable d'avaler quoi que ce soit. Elle tremblait d'impatience, s'embrouillait à compter les coups que les horloges sonnaient à intervalles beaucoup trop longs.

Mais qu'est-ce qu'elle a, ta fille ? a demandé Louis à Marie. Elle est d'une humeur de bouledogue.

Aurore en a profité pour prendre un air offensé et quitter la table le plus dignement possible. Elle se moquait bien des paroles de son grand-père, elle les avait déjà oubliées, elle avait juste saisi ce prétexte pour se mettre entre parenthèses jusqu'à ce que Suzanne lui donne enfin le signal du départ.

La taille du cimetière la surprend, elle l'imaginait plus petit, aimable et désordonné comme un jardin anglais, avec la mer en contrebas. Les allées sont droites et ennuyeuses comme dans une cité de banlieue, il y a même des ronds-points avec, au milieu, de hauts calvaires.

Suzanne glisse son bras sous le sien. Elles avancent flanc contre flanc, dans une intimité nouvelle dont seuls les morts sont témoins.

Habituée des lieux, Suzanne sait exactement où aller.

Elles arrivent au carré des enfants, dalles blanches, courtes et étroites comme des berceaux, angelots de plâtre, visages juvéniles figés dans des médaillons, dates gravées sur la pierre qui déclenchent chez Aurore une frénésie de calcul mental.

Elle cherche Lucas, réconfortée de le savoir entouré d'autres enfants, dans cet espace plus aéré et moins solennel que les divisions voisines.

Mais Suzanne l'entraîne, Lucas n'est pas ici. Pas mort assez tôt pour être enterré avec les enfants.

Aurore encaisse la nouvelle.

Suzanne lui indique une allée, c'est là-bas au fond à droite, je t'y rejoins plus tard. Aurore sent son bras se détacher du sien, ses jambes faiblissent de ne plus être soutenue.

Elle se ressaisit et avance seule vers Lucas, vers la dalle de granit rose devant laquelle elle s'arrête, les yeux baissés vers son prénom et son nom gravés en lettres dorées, son nom qui est aussi le sien, suivi de deux dates si proches l'une de l'autre qu'un enfant pourrait en faire la soustraction de tête.

Sous le nom de Lucas, on a gravé ceux de Suzanne et de Louis, chacun suivi d'une date de naissance et d'un tiret, puis d'un vide que la mort remplira en son temps.

Elle se tient devant lui, il lui aura fallu six ans pour oser faire valoir ce droit de savoir où il repose.

Elle y est enfin et ce qu'elle ressent lui paraît absolument déplacé. Ainsi, même dans la mort, Lucas restera auprès de Suzanne et de Louis. C'est à cela qu'elle pense, alors que prend fin son attente. Qui a décidé cela ? Qui a eu son mot à dire et a préféré se taire ?

Au pied de la dalle fleurissent des dahlias et des géraniums, les mêmes que dans le jardin de Louis, des fleurs trop sages qui ne ressemblent pas à son frère, alignées dans ces vilaines jardinières en plastique à réservoir d'eau, alors qu'il pleut tout le temps dans le nord du Cotentin.

Elle fixe ce prénom gravé que l'on ne prononce jamais, les deux lignes incomplètes qui retournent le couteau dans la plaie des espoirs perdus. Elle tente de l'imaginer là-dessous, avec son chien en vraie fourrure posé sur sa poitrine, ultime image d'enfance brouillée par cette tombe qui correspond si peu à Lucas, qui lui va si mal et lui fait penser à ces gamins que l'on déguise en adultes à l'occasion des mariages. Ou des enterrements.

Et pourtant il est là et elle, enfin, près de lui.

Elle s'assoit sur la dalle, de biais, les pieds coincés contre les voisins de gauche.

Le granit est lisse, tiède sous le soleil de mai. Elle le caresse, car Lucas est ici, en dessous, et elle est venue le voir. Elle ferme les yeux, sa main posée sur lui, ses lèvres articulent en silence son prénom. Elle attend.

Elle attend un signe de Lucas.

Elle attend que sa main effleure la sienne, et même s'il ne s'agit que d'une illusion créée par la brise, elle acceptera le doute.

Elle attend d'avoir la certitude qu'il est bien ici, près d'elle, et qu'il lui suffira de revenir s'asseoir au même endroit pour le sentir encore vivant.

Elle attend en chassant de ses pensées tout ce qui n'est pas lui, afin de ne pas le manquer s'il se manifeste.

Elle attend des réponses aux questions qu'elle n'a pas pu lui poser : de quoi souffrais-tu ? De quoi es-tu mort ? As-tu été heureux malgré tout ?

Elle attend une consolation.

Mais la pierre reste muette, il ne se passe rien. Et plus Aurore attend, plus son cœur se gonfle de Lucas, son corps plutôt, car c'est bien dans son ventre qu'elle s'obstine à le porter comme un vieil enfant mort. Et parce qu'ils sont deux, les chagrins sont immenses et les joies insoutenables.

Lucas n'est pas ici, les dates gravées ne sont qu'un leurre.

Il n'y a pas de morts dans les cimetières, simplement des vivants qui les cherchent au mauvais endroit.

Aurore se lève et aperçoit Suzanne qui s'active plus loin, l'arrosoir à la main, dans le carré des enfants. Soudain elle comprend. Tout. Ce caveau de famille, le rapt *post mortem* de Lucas. Elle comprend ce qui a toujours été sous ses yeux, la photo de Pierre près de celle de Lucas sur le petit secrétaire de Suzanne, Pierre aimé et élevé comme un fils durant toutes les années de guerre.

J'ai tout perdu, a dit Suzanne.

Aurore a cru que sa grand-mère parlait de Lucas, mais c'était aussi de Pierre, l'autre enfant que son amour n'a pas suffi à sauver. Pierre fauché à douze ans devant son école, quelques jours seulement après son retour chez ses parents.

En voyant Suzanne s'activer sur la tombe de Pierre dans le carré des anges, Aurore comprend aussi qu'elle n'était pas seule dans la zone opaque des enfants de remplacement, Lucas l'y avait précédée.

Suzanne lève la tête et lui fait un petit signe de loin. Le cœur d'Aurore se serre à la voir si petite et fragile, sa vie consumée entre deux enfants morts.

14

Dans la salle d'attente du docteur Le Gall, le cheval à bascule a vieilli sous les fesses de deux générations de jeunes patients. Les peintures vives des petites chaises se sont écaillées, il y a toujours aux murs des dessins que l'on change de temps en temps pour faire place aux nouveaux, des bonshommes aux ventres ronds et aux bras raides, levés ou le long du corps, des maisons avec un nuage de fumée sortant de la cheminée, des portraits de famille qui racontent la place que l'artiste en herbe accorde à chacun et surtout à lui-même.

Aurore ne se souvient pas comment, enfant, elle dessinait sa famille, ni même si elle a souhaité un jour le faire. Sa famille pas comme les autres, sa famille posée sur des sables mouvants, bancale, mal ficelée, mais avec de l'amour à revendre pour se maintenir tant bien que mal unie et debout.

Une peinture à l'eau délavée par le temps n'a jamais été retirée : une petite fille sans bras, les mains directement attachées aux épaules, doigts écartés. Le docteur Le Gall a écrit un nom et une date en bas à droite. À quatre ans, Aurore se représentait déjà amputée.

En face d'elle, une jeune femme donne le sein à son bébé, lui adresse un sourire par-dessus le crâne duveteux.

C'est une fille ?

Non, un garçon.

Désolée ! Quel âge a-t-il ?

Vingt-trois jours. Il s'appelle Joseph.

Aurore bafouille un compliment, sincère, regarde ses mains comme son père lorsqu'il ne sait pas quoi dire.

Et vous ?

Moi ?

Votre enfant, quel âge a-t-il ?

Quel enfant ? Ha ha, non, la patiente du docteur Le Gall, c'est moi, je viens ici depuis ma naissance.

Le bébé hoquette et sauve de l'embarras la jeune mère, qui doit avoir à peu près l'âge d'Aurore.

Où est-il écrit qu'il y a une limite d'âge pour aller chez le pédiatre ?

C'est au tour d'Aurore. Le docteur Le Gall lui fait la bise, il la tutoie, elle le vouvoie. Il sort sa fiche d'un casier à tiroirs en bois sombre, ses fiches plutôt, tenues ensemble par un trombone, une petite pile de bristols quadrillés avec des dates, des vaccins, des tailles, des poids, des angines, une varicelle, des vitamines, des fortifiants, des commentaires notés de la même écriture étirée, violette et illisible.

Content de te voir, que t'arrive-t-il ?

Je vous ai rapporté le *Concerto* de Dvorak par Casals. Merci beaucoup, j'ai adoré.

Elle sort le disque de son sac et le pose devant lui, sur le bureau. Il ne le regarde pas, il la scrute par-dessus ses demi-lunes posées en équilibre sur son nez.

Tu peux le garder, je l'ai en double.

Il balaie les remerciements d'un geste de la main qui incite Aurore à en venir aux faits.

Voilà. J'ai rencontré quelqu'un, je crois que c'est sérieux et… on aimerait fonder une famille. Peut-être. Avoir des enfants. Enfin, déjà un…

Aurore s'interrompt, c'est moins facile qu'elle ne le croyait. Comment formuler cela ?

Félicitations, je suis content pour toi. Tu seras ma première patiente à m'amener son enfant !

Elle ne sait s'il est sérieux ou s'il lui tend une perche. Parler d'elle ainsi, de la possibilité de la voir mère, alors qu'il connaît l'histoire de sa famille. Il a l'air sérieux pourtant.

Bon, en fait, je dois vous poser une question. Ne vous inquiétez pas, quelle que soit la réponse je suis prête à l'entendre.

Je t'écoute.

Il mâchouille le tuyau de sa pipe, comme Pablo Casals sur la pochette du disque.

Ce n'est grave si vous me dites que ce n'est pas possible, mais je voudrais savoir.

Elle s'emmêle les pieds dans le tapis, les mots ne veulent pas sortir tout droit comme il conviendrait en cette circonstance qui ne souffre aucune imprécision. Le docteur Le Gall ne semble pas vouloir l'aider, ni même avoir la moindre idée de ce qu'elle veut lui demander.

Aurore est à deux doigts de prendre Pablo Casals sous le bras et de partir, elle connaît déjà la réponse et elle s'en fiche, ce n'est pas grave, pas grave du tout. De toute façon, vu le surpeuplement de la planète, il est plus judicieux de donner son amour à un gosse orphelin que de fabriquer un nouveau Terrien.

Il lui faut se reprendre. Elle n'a plus l'âge d'empêcher les adultes de parler par peur d'entendre une mauvaise nouvelle, plus l'âge de croire que ce qui n'est pas dit n'existe pas.

Bon… Je connais déjà la réponse, mais j'ai besoin d'être sûre, au cas où il y aurait une chance, même toute petite. Non, laissez-moi finir… À cause de ce qui est arrivé à mon frère…

Elle se giflerait pour ces mots-là, « ce qui est arrivé à mon frère », cette lâcheté de la périphrase. Il n'est rien arrivé à Lucas, jamais, et c'est un beau gâchis qu'il en soit ainsi.

Il faut en finir avec la peur de dire, avec les silences, les demi-vérités, les mensonges par omission. Elle est venue pour savoir, ne saura rien si sa question n'est pas la bonne, si elle n'ose pas appeler enfin les choses par leur nom.

Voilà, je veux juste savoir si je risque d'avoir moi aussi un enfant…

Le mot se bloque dans sa gorge, ce mot que ni ses parents ni ses grands-parents n'ont jamais employé pour parler de Lucas. Est-ce juste, est-ce loyal de s'arroger le droit de prononcer ces quatre syllabes au risque de réduire Lucas à ce qu'elles signifient, d'effacer ce qui fut beau, l'amour, le courage, la persévérance, les éclaircies de bonheur qui, cousus ensemble, ont dessiné tant bien que mal une vie.

Aurore s'accroche au crâne lisse de Pablo Casals sur la pochette du disque, son cœur bat si fort qu'elle va bientôt avoir une autre raison d'être dans ce cabinet.

Le docteur Le Gall ne dit rien.

Ça va, j'ai compris. C'est foutu.

Le silence dure, c'est comme si Aurore était seule dans la pièce.

C'est fini, son cœur se calme un peu, de toute façon, elle ne s'attendait pas à autre chose, c'est lui, son amoureux, qui l'a poussée à s'infliger cette épreuve. Elle, elle sait déjà.

Elle relève la tête, prête à défier Le Gall dont elle refuse la pitié.

Mais c'est pire encore que ce qu'elle imaginait. Le vieux médecin a les yeux rougis et des larmes coulent sur ses joues.

Ce n'est pas grave, je vous promets que cela m'est égal ! J'adopterai, de toute façon je ne crois pas aux liens du sang.

Aurore est prête à dire n'importe quoi pour que cessent ses larmes, mais plus elle essaie de le consoler, plus il paraît dévasté.

C'était un accident, dit-il enfin. Si bas qu'Aurore lui fait répéter.

Un accident. Ton frère était absolument normal.

Mais il n'a pas crié à la naissance, son cerveau a manqué d'oxygène pendant toute la réanimation. Une folie. Une heure et demie d'acharnement criminel qui a détruit son cerveau. C'est tout. Le reste n'est que jargon médical.

La vue d'Aurore se brouille, elle craint de ne pas comprendre. Pourquoi pleure-t-il si ce n'était qu'un accident ?

Vous voulez dire que je ne risque pas d'avoir moi aussi un enfant…

Ce mot terrible pour dire la vérité enfin révélée, elle n'y arrive toujours pas.

Un enfant handicapé ?

C'est lui qui l'a dit et cela passe comme le souffle léger d'une page qui se tourne.

Non, pas plus que n'importe qui. Ton frère ne souffrait d'aucune anomalie héréditaire. Jusqu'au moment de sortir du ventre de sa mère, c'était un bébé en parfaite santé. Je te le promets.

C'est une bonne nouvelle, alors ?

Oui. Tu n'as rien à craindre. J'espère exercer encore assez longtemps pour que tu m'amènes tes futurs enfants.

Il sourit enfin, ôte ses lunettes embuées, les essuie.

Pardon pour ma réaction, mais je ne m'attendais pas à ta question. J'ai toujours pensé que tu savais. Je suis bouleversé que tes parents t'aient laissée grandir avec ce doute, que tu aies pu croire que…

Sa voix se brise à nouveau.

Ce n'est pas grave. Maintenant, je sais. Merci du fond du cœur. Et merci aussi pour le disque.

Aurore devrait être soulagée, heureuse, elle l'est au fond d'elle-même. Mais un sentiment de gâchis la submerge. Ainsi, il s'en est fallu de presque rien pour que Lucas ait une vie normale, pour qu'il grandisse et soit heureux dans une famille comme les autres. Pour qu'elle-même ne vive pas dans le mensonge, pour que son enfance ne lui soit pas volée avant l'heure, pour qu'elle n'ait pas au cœur ce vide, apprivoisé mais jamais vaincu.

Le docteur Le Gall a qualifié de criminel l'acharnement des médecins à faire vivre son frère. Mais n'avaient-ils pas été confrontés à un choix impossible ? Laisser s'éteindre l'enfant à demi mort et se débarrasser de lui comme d'un objet défectueux ou bien tout tenter pour lui arracher le premier cri salvateur, en dépit des possibles conséquences ?

Leur métier était de sauver des vies, pas de juger si celles-ci valaient ou non la peine d'être vécues.

Qu'en avait-il été de celle de Lucas ?

Aurore réfléchit en marchant. Son frère a été follement aimé, entouré, choyé. Son état a causé de grands chagrins à ses proches, bouleversé la famille, mais Lucas n'était pas son handicap. Il était doux, aimant, toujours souriant. Il avait le droit de vivre. Mais pour vivre quelle vie ? Il nous a donné beaucoup de bonheur, pense Aurore. Mais a-t-il été heureux lui-même ? Comment approuver ou condamner le choix des médecins si on ne connaît pas la seule réponse qui compte vraiment ?

Il aurait fallu pour cela poser la question à Lucas.

Mais Lucas ne parlait pas.

Épilogue

C'est une maison de poupées avec son entrée minuscule, ses pièces exigües de part et d'autre de l'escalier, ses meubles en bois blond et ses couleurs de jardin anglais. Elle l'a voulue ainsi, rassurante comme un livre pour enfants, un cocon pour y embrasser d'un seul geste sa famille miraculeuse.

Elle porte la main à son ventre et s'allonge sur le lit, l'air est moite et le bébé se fait lourd. Dans l'encadrement de la porte, la petite fille l'interroge du regard. Elle n'est pas habituée à la voir couchée en plein jour.

Ce n'est rien, mon trésor. Le bébé me fatigue un peu. Viens te reposer près de moi.

La petite fille n'est pas convaincue, elle tourne les talons et va dans sa chambre, juste en face, de l'autre côté du palier. Sa mère l'entend farfouiller, gazouiller, puis revenir vers elle.

Tiens, Maman, ne sois pas triste. Regarde, c'est le lapin de ton frère.

L'enfant pose sur le ventre proéminent la peluche élimée, discrètement mêlée deux ans plus tôt aux innombrables joujoux reçus en cadeaux de naissance. Le lapin couleur miel au ventre blanc s'est fondu, anonyme, dans la masse moelleuse des compagnons inanimés. Seule la mère connaît son secret, c'est la première fois qu'elle le voit entre les mains de sa fille.

Sa petite fille au regard de vieux sage qui presse de sa menotte le lapin sur le ventre maternel.

Pour dire qu'elle sait.

Car les enfants savent tout.

Par ce geste tendre et ferme, la petite fille partage ce savoir avec sa sœur à naître. Le temps des secrets est révolu.

La mère pose la main sur celle de sa fille et sourit à ce mille-feuille débordant d'amour, le bébé dans son ventre, le lapin démasqué, la main de sa fille et enfin la sienne pour recouvrir et protéger le tout.

De son autre main, elle attire son enfant contre elle, sent battre contre le sien son petit cœur, deux vies à l'unisson, tissées des mêmes fibres, certaines anciennes et invisibles, les plus solides. Alors elle comprend qu'elle ne pourra ni mentir, ni biaiser, ni faire semblant de croire que cette histoire ne concerne pas ses filles. Elle leur doit de ne pas les laisser s'égarer dans le vide de ses silences, elle leur doit la sérénité des questions résolues, elle leur doit la confiance et la sécurité, elle leur doit la vérité.

Dans son ventre, le bébé donne un coup de pied qui fait tressauter le lapin, puis la main de la petite fille, puis la sienne.

Oh ! dit la petite fille en riant.

Oh ! dit la mère en riant à son tour.

DE LA MÊME AUTRICE

LA VESTALE, LE ROMAN DE PAULINE VIARDOT
roman, Éditions Michel de Maule, 2001 ; Archipoche, 2009

LES FLEURS DE L'ÂGE
roman, L'Archipel, 2003

LA SAMOURAÏ
roman, L'Archipel, 2004
prix Lire-Élire

CONNARD !
roman-nouvelles, L'Archipel, 2005 ; Archipoche, 2007

CONNARD 2 !
roman-nouvelles, L'Archipel, 2006 ; Archipoche, 2007

VIOLON AMER
roman, L'Archipel, 2009

DÉMONS DE MIDI
roman-nouvelles, L'Archipel, 2013

MES LÈVRES SONT MORTES À MINUIT suivi de *LE CHOIX DU ROI*
roman, théâtre, L'Archipel, 2014

VENISE, SUBLIMISSIME SÉRÉNISSIME
en collaboration avec le photographe Philip Plisson, La Martinière, 2016

BERNARDINA, UNE VIE SECRÈTE À LA PIETÀ
théâtre, livre-disque, Solétoile, 2021

RENDEZ-VOUS
nouvelles, livre-disque, Aparté, 2023

ACHEVÉ D'IMPRIMER EN JANVIER 2024 SUR LES PRESSES DE L'IMPRIMERIE
F. PAILLART À ABBEVILLE POUR LE COMPTE DE SABINE WESPIESER ÉDITEUR
NUMÉRO D'ÉDITEUR : 226 – ISBN : 978-2-84805-521-3 – DÉPOT LÉGAL : MARS 2024